reinhardt

-minu

Schüfeli auf Bohnen

Etwas andere Weihnachtsgeschichten

Friedrich Reinhardt Verlag

Alle Rechte vorbehalten
© 2016 Friedrich Reinhardt Verlag, Basel
Projektleitung: Beatrice Rubin
ISBN 978-3-7245-2161-7

www.reinhardt.ch

Inhaltsverzeichnis

Vom Fluch, Weihnachtsgeschichten schreiben zu müssen …	7
Schüfeli auf Bohnen …	13
Andrey – der Geiger	17
Ohne Geschenke – ohne Baum	23
Vom Wiener Ganserl und Liesels Weihnachtskugeln …	27
Die Schneekugel	33
Das andere Rotkäppchen	41
Wie Niggi mit dem Kalb das Christkind suchte …	45
Schöne Bescherung	53
Von der Suche nach dem Jesuskind …	57
Die Tasche	61
Patchwork-Weihnacht	65
Der rote Stoffnikolaus …	69
Nikolaus am Telefon	75
Der silberne Stern	79
Der Gesang der Kühe	89
Weihnachtsglück mit Nummer 15	93
Von der Weihnachtsflucht nach Malaga …	101
Weihnachtssterne	109
Lindas letzter Weihnachtsbaum …	117
Verrauchts Glügg	125
Äänisbröötli	129
Alarm vor Wiehnachte	133
Wiehnachtskuugele für d Rosa	139

Vom Fluch, Weihnachtsgeschichten schreiben zu müssen …
(statt eines Vorworts)

Ich liebe Weihnachtsgeschichten.
ABER ICH HASSE DIE SCHREIBEREI, DIE DAMIT VERBUNDEN IST!

Das kommt so: Wenn ich im Hitzesommer auf der Insel hocke … wenn meine Tomaten an den Stauden wie schrumplige Bäckchen von ungelifteten Omis vertrocknen … wenn das einzig Kühle noch eine coole Cola ist … also dann holt mich bestimmt ein Telefon in die verschneite Wirklichkeit zurück: «Hallihallo … es ist wieder so weit … in fünf Monaten rieselt der Schnee …»

BEI DENEN RIESELT DER KALK. Aber es sind Zeitschriftenredaktoren, die für ihre Weihnachtsnummern irgendeine Schnulze brauchen – deshalb: «Wir müssen ihre Zuckerschwarte noch korrigieren. Und eine Zeichnung dazustellen. ALSO GEBEN SIE SCHON MAL GAS – UND SPÄTESTENS AM 1. AUGUST IHR MANUS AB!»

Halleluja!

Ich fluche die Tonleiter runter. Und Innocent winkt aus dem Bassin: «Wasiss? – bist du schlecht drauf?! In der Biscuit-Dose hats Cantucci!»

Nun denn – ich schliesse mich im Eiskasten ein, beisse auf die steinharten Cantucci. Und stelle mir vor, es seien Oma Heinis «Dootebainli», die sie immer auf Weihnachten hin backte …

Ich weiss nicht, wie ein aufrichtiger Schreiber es verdient hat, dass der Schweizer Journalismus ihn in folgende drei Schubladen ablegt: schwul … Weihnachten … Horrorrezepte!

Googeln Sie das mal mit dem Zusatz «Basel» und «Stadtoriginal».

DINGDONG!
189 236 TREFFER!

Schon als Kind hat man mir Weihnachten mit Klischee-Vorstellungen vermiest. Während nette, unschuldige Büblein Anfang der 50er-Jahre an einer Blockflöte rumnuckelten und «Ihr Kinderlein kommet» unter den Baumkerzchen runterrabsten, hiess es: «Das Kind ist unmusikalisch. Aber begabt fürs Drama!»
Meine ehrgeizige Mutter sah in mir bereits einen zweiten Hans Albers – nur weil die Kindergarten-Tante (heute würde man vom Kita-Vorstand sprechen) ihr zugeflüstert hatte: «Keiner spielt den Engel der Verkündung dramatischer als Ihr Kleiner!»
DAS WAR DOCH SCHON MAL WAS!
Wenn Mutter schon beim Trämler danebengegriffen hatte, wollte sie zumindest das Kind zu einem Volksschauspieler hochfrisieren. Schlimmstenfalls konnte er immer noch Staatspräsident oder Priester werden.

Während ich also sehnsüchtig zum phallischen Instrument schaute, auf dem meine Schwester Rosie wie ein Kaninchen an der Rübe rumnagte, zückte die verblendete Mutter im Bücherschrank ein Bändchen hervor, das den verheissungsvollen Titel «Mer saage-n-uff!» trug.

Das Büchlein sagte «MER». Aber natürlich blieb die ganze Sauce an mir hängen. ICH war der Aufsager. Und Mutter nur die Zubläserin sowie die Geschwindigkeits-Kommandostelle: «Langsamer, Bubi, schön mit Gefühl …»

In meinem Kopf jagten die Ganglien. Und: Nada, nada, nada. BLACKOUT.

Schon kam auch der frustrierte Seufzer meiner Eislaufmutti vor der Festgemeinde: «Gestern hat ers noch gekonnt!»

Sie schickte als Ersatz die Nager-Rosie mit der Flöte vor den Ast. Und natürlich düüdelte die jetzt «Kommet ihr Hirten …» fehlerfrei. Das fiese Biest hob beim aufbrausenden Applaus beschwichtigend die Hände – eine Geste, die sie von Marika Röck (auf dem Schwarz-Weiss-Fernseher) abgekupfert hatte.

Ob an Geburtstagen, Hochzeiten oder Beerdigungen – «Mer saage-n-uff» hatte immer die richtigen Reime. Mutter schickte mich vor, derweil Rosie gelangweilt an ihrer Flöte saugte und mir dann mit einem flotten «Der lustige Landmann» die Schau stahl.

Das war der Moment, in dem mein Hass auf Weihnachtsgedichte reifte und sich meine Gier nach dem Blasinstrument ins undefinierbare steigerte!

20 Jahre später ging ich vom Gereimten auf Prosa über – von «aktiv» zu «passiv». Das heisst: Ich trug keine Gedichte mehr vor. Sondern liess vortragen – und zwar meine eigenen Weihnachtsgeschichten.

Ich war bestandener Onkel von fünfjährigen Nichten und Neffen. Die sollten mir nicht mit der Blockflöte unter den Baum kommen! Denen drückte ich meine Geschichten in die Hände. Und sie hatten die in perfektem Deutsch zu rezitieren. Nach den ersten drei Zeilen schnarchte die Familie im Kanon. Nur die Kinder fandens «geil», weil ich sie mit Tonnen von Schokomäusen belohnte.

Als dann eine «Schweizer Illustrierte» bei uns zu Hause anrief, ob ich ihr einen Artikel zum Thema «Schwul in den 50er-Jahren» schreiben könnte, bellte meine gute Mutti in den Höhrer: «Das fehlt gerade noch! Er kann nur Weihnachtsgeschichten …»

Und damit wurde ich erstmals unter «Weihnachtsgeschichten» ins Klischee-Fach der Medien abgelegt.

Heute habe ich gut ein Drittel des Jahres mit dem Heraussaugen von Weihnachtsgeschichten zu tun.

HERAUSSAUGEN – DAS VERSTEHT SICH FOLGEN-DERMASSEN: Man sitzt an der Tastatur, nimmt die dicken Finger in den Mund und versucht die Geschichte aus diesen herauszusaugen.

Noch nie wäre es irgendeinem Redaktor in den Sinn gekommen, bei mir einen Bericht über die Premiere von «Parsifal» zu bestellen. Als einstiger «dritter Knabe» unter der hervorragenden Regie eines Herrn Schramms am Basler Stadttheater wäre ich für so etwas geradezu prädestiniert. UND AUCH KOMPETENT – jedenfalls kompetenter als mancher Opernkritiker, dessen einzige musikalische Referenz sein eigener eingeklemmte Furz ist.

Natürlich will auch niemand einen politischen Kommentar aus meiner Feder. Etwa über die unhaltbaren Zustände im russischen Staat, was die gemobbten Schwuchteln dort angeht.

Nein.

Man zieht das Fach «schwul». Ruft mich an. Und gaggert verklemmt herum: «Also ähhh … wenns einer weiss, dann du? … Ist dieser Muckiprotz in Moskau so oder ist er nicht … does he put in? Or not Putin?»

UND DIES ALLES NUR, WEIL ICH IN JUNGEN JAHREN MAL MIT HERRN NUREJEW EIN PAS DE DEUX HATTE!

Zurück zu den Weihnachtsgeschichten.

Es ist Ende Juli. Die Kinder am Strand schreien sich die Lungen aus dem Hals. Der Sand brennt unter den Fusssohlen. Und du schwitzt tosende Wasserfälle.

Du versuchst in eine andere Welt abzudriften … in eine andere Galaxis, wo Eisblumen blühen und Schneewinde wehen – aber dann taucht Herr Innocent pudelnass aus dem Bad auf. Rubbelt seinen weihnachtskuge-

ligen Bauch trocken. Und strahlt: «So ein ‹Schwumm› ist bei dieser Affenhitze wie Weihnachten … hast du die Geschichte fertig?»
 Wie viel einfacher haben es die mit der Blockflöte …

Schüfeli auf Bohnen ...

Sven schaute seine Mutter etwas genervt an: «Schüfeli. Immer Schüfeli auf Bohnen. Mama, die Zeit hat nicht haltgemacht. Es gibt heute auch das chinesische Fondue ...»

Anna wollte etwas erwidern wie «Die jetzige Zeit kommt mir eh chinesisch vor!» – aber sie schluckte den Spruch herunter. So wie sie vieles in ihrem Leben geschluckt hatte.

Dann nahm sie ihren Sohn streng ins Visier: «Jetzt hör einmal zu: Ich rackere mich da für die Familie ab, um einigermassen ein anständiges Fest vor den Baum zu bringen. UND DA GEHÖRT DAS SCHÜFELI EBEN AUCH DAZU! Für deinen Vater wäre es nämlich kein Fest OHNE. Seine Mutter selig, die – GOTT VERZEIH MIR! – eine jammernde Plage und nörgelnde Nervensäge war, die liebe Schwiegermama also hat ihn als Kind schon am Heiligen Abend mit Schüfeli gefüttert. Es ist Tradition. Verstehst du? TRADITION. Und für ihn wäre es eine Katastrophe ohne ... da können die Chinesen noch so lange das Fleisch anrollen und es in dieser Brühe ersäufen ... ES IST NICHT DASSELBE!»

Sven seufzte: «Ich dachte ja nur, Mama ... ich bin auch kein Freund von dieser Fondue Chinoise. Aber Margreth steht total drauf und ...»

Anna rollte die Augen. Sie machte ein Gesicht wie Donner und Blitz. Margreth war die Reinkarnation der verstorbenen Schwiegermutter: Nervensäge ... Nervensäge ... Nervensäge. FÜR IHRE SCHWIEGERTOCHTER WÜRDE SIE WEISS GOTT DIE TRADITIONEN NICHT BRECHEN! Auch wenn Anna – und das hätte sie natürlich nie herumerzählt – mit Schüfeli auf Bohnen selber nichts am Hut hatte. Aber wirklich nicht die Bohne!

Jahrelang hatte sie mit einem Filet im Teig geliebäugelt. Schön ausgarniert. Mit Rotkraut und glasierten Marroni. Aber sie steckte ihre Wünsche zurück. Denn die Tradition und das Glück ihres Gatten gingen vor. Deshalb: das optisch etwas brutale Schüfeli. Auf den leicht verrunzelten Dörrbohnen. UND ZUM VERDAMMTEN X-TEN MAL.

Erich, ihr Angetrauter, tätschelte am Heiligen Abend dann auch liebevoll ihre Schulter, als ihm vor dem Fest der traditionelle Duft aus der Küche die Nase kitzelte: «Aha – Schüfeli auf Bohnen. DAS IST WEIHNACHTEN!»

Als Anna dann von einem Raser plattgefahren wurde und diese unschöne Welt mit den chinesischen Weihnachtsrezepten für immer verliess, war es Sven, der das Zepter und den Menüplan am Fest übernahm. Sein Vater stand mit tränenden Augen vor dem Topf, wo das Schüfeli auf Bohnen lag: «Hättest du nicht etwas anderes machen können …?»
«Wieso? Ich mache es nur für dich – keiner von uns mag Schüfeli. Aber für dich wäre es doch kein Heiliger Abend, wenn …»
Erich rieb sich die Augen trocken: «Sie wollte es. Für sie war es Weihnachten. Ich habe Schüfeli immer gehasst. Aber schon meine Mutter …»

Ein Jahr später rollten die Chinesen an. Es war nicht dasselbe. Doch Sven schaute seine Gattin stolz an. Sie hatte ein paar Fertigsaucen aufgemozt. Und die leicht angefrorenen Fleischröllchen auf die geerbte Meissenplatte drapiert: «Ach, Margreth – das ist wirklich Weihnachten!»

Nach dem Fest rief Margreth ihre Freundin Linda an: «Ja. Es war nett. Ich habe für die Familie ein Fondue Chinoise aufgetischt … ehrlich gesagt: Ich persönlich mag das überhaupt nicht. Aber für Sven wäre es kein Fest ohne … TRADITION EBEN … verstehst du? … Und bei dir?»

Linda hüstelte: «Danke. Als Single ziehst du dir vor dem Fernseher den ‹Kleinen Lord› rein. Und hast ein Filet Wellington im Ofen. Das wars dann auch schon …»

Margreth seufzte: «Filet Wellington wäre auch immer mein Traumfestessen gewesen … aber eben: Die Familie geht vor!»

Draussen blitzte es. Dann liess ein Donnerknall die böhmischen Gläser im Buffet beben.

«Ein Gewitter!», rief Margreth in den Hörer.

Und ahnte nicht, dass es ein himmlischer Gruss ihrer Schwiegermutter war.

Andrey – der Geiger

Wie ein feiner Schleier breitete sich die Nacht über die Stadt.

Es wurde früh dunkel.

Bis drei Uhr war das Treiben in den Strassen hektisch gewesen. Gestresste Ehemänner haben verzweifelt auf eine spontane Eingebung gewartet: Was lege ich ihr als Überraschung unter den Baum? Und natürlich wurde es dann doch wieder das Badesalz mit dem Büchergutschein.

In den Altersheimen warteten die Grossmütter frisch dauergewellt ungeduldig darauf, von ihren Lieben abgeholt zu werden. Dies zumindest einmal im Jahr …

Für «Surprise»-Verkäufer, Strassenmusikanten und die Heilsarmee mit ihren Sammeltöpfen ist der 24. Dezember ein guter Tag. Die Leute sind grosszügiger als sonst.

Auch für Andrey ist es ein guter Tag gewesen. Zwar haben die Menschen sein Geigenspiel kaum wahrgenommen. Viele warfen ganz automatisch ein paar Münzen in den Violinenkasten – und nur ganz wenige sind stehen geblieben. Sie haben den Melodien des Strassengeigers für einen kurzen Moment gelauscht. Sich vielleicht gefragt: «Weshalb muss dieser begnadete Musiker auf der Strasse spielen?» Doch dann schauten sie auf die Uhr: nein. Die Sösslein, die zur Fondue Chinoise noch zubereitet werden mussten, liessen keinen Aufschub zu. Die Zeit drängte. Um halb acht sollen die Kerzen am Baum angezündet werden …

Andrey packte seine Geige in den Kasten. Und zog durch die Strassen, in denen es jetzt immer stiller wurde. Eine leise Traurigkeit hatte ihn überfallen – es gab für ihn auch am Heiligen Abend kein festes Zuhause. Manchmal übernachtete er im Obdachlosenheim, manchmal in dieser Heilsarmee-Pension am Rhein. Im Sommer hatte er auch öfters die Nacht auf einer Parkbank verbracht. Er konnte sich keine Wohnung leisten – all sein Geld, das er als Strassenmusikant einspielte, schickte er seinem schwerkranken Vater nach Irkutsk.

Er war in dieser sibirischen Stadt geboren. Seine Familie war arm. Auch nachdem alle eisernen Vorhänge in seinem Land gefallen waren, hatte sich da nichts geändert. Die klirrende Kälte blieb – die klirrende Armut auch. Der Rubel rollte nur für ganz wenige im neuen Russland.

Mit fünf Jahren hat er erstmals auf der alten Geige seines Vaters gespielt. Mit zehn Jahren galt er in Irkutsk als Wunderkind. Und als er mit 16 Jahren in Chabarowsk sein erstes Konzert gab, überschlugen sich die russischen Kritiker. Sein Vater aber drückte ihm ein Couvert in die Hände: «Das ist alles, was ich habe … fahre in die Schweiz, in diese Stadt, wo sich nur die Besten aller Musiker zur Ausbildung treffen. Versuche einen Platz in dieser Scola Cantorum zu bekommen. Die Stadt und diese Schule werden dir Flügel verleihen …»

«Du brauchst das Geld für die Medizin …», wandte Andrey ein. Der Vater winkte ab: «Deine Musik ist meine beste Medizin!»

Die Zugfahrt dauerte fünf Tage. Als er sich in der Schule meldete, lächelten die Leute dort nachsichtig: «Das geht leider nicht … es kommen so viele … Tausende … wir haben Wartelisten … Sie müssen von einem Professor empfohlen werden …»

Nach sechs Tagen hatte er kein Geld mehr. Der Rubel reichte in diesem teuren Land nicht weit. Also nahm er seine Geige. Spielte auf Strassen und Plätzen. Und oft blieben die Leute verblüfft stehen. In ihre Augen kam ein Leuchten. Und es war, als würde sie Andrey mit seiner Musik in eine Welt der Regenbögen entführen.

Das Geld, das sie in den Geigenkasten warfen, wurde Medizin für seinen Vater. Und wenn er sich mitunter den Luxus leistete, nach Hause anzurufen, spürte er dieses entsetzliche Heimweh, das wie Feuer in ihm loderte.

Der Vater ermahnte ihn, durchzuhalten: «Im Leben hat alles seine Zeit, Andrey. Bald kommt Weihnachten. Und mit Weihnachten kommt dieser wunderbare Moment, wo Wünsche sich erfüllen können ... hab Geduld.»

Andrey wollte an diesem Heiligen Abend zu Hause anrufen. Es war ein Weihnachtsgeschenk, das er sich und seinem Vater machen würde.

Plötzlich hörte er Stimmen. Lieder. Sie kamen von diesem prächtigen Platz mit der sandsteinfarbigen Kathedrale. Ein Posaunenchor begleitete die Menschen, die in einem Kreis standen. Und Weihnachtschoräle sangen.

Andrey hörte zu. In diesem Moment fühlte er sich seiner Heimat nahe. Er spürte wohl den Schmerz des Heimwehs, aber auch ein zärtliches Glücksgefühl.

Langsam holte er sein Instrument aus dem Kasten. Und begleitete die Sänger. Als die Glocke des Münsters schlug und die Menschen sich auf den Heimweg machten, blieb Andrey bei der grossen Pforte der Kirche stehen. Er spielte ganz alleine. Für sich und diese Stadt – für seinen Vater und für seine grosse Liebe: die Musik.

Er sah das junge Mädchen nicht, welches als auf dem Münsterplatz zurückgeblieben war. Dieses lauschte seinem Spiel. Schliesslich ging es auf den Geiger zu: «Woher kommst du?»

Andrey lächelte: «Ich heisse Andrey. Und komme aus Irkutsk ...»

«An Weihnachten soll man nicht alleine sein. Komm mit …» Das Mädchen nahm ihn bei der Hand: «Du spielst mega gut …»

Das grosse Haus war vollgestopft mit Büchern, Noten und Instrumenten. Eine ältere Frau schaute etwas unsicher zu den beiden: «Ach, Bea, wir haben doch nur Schüfeli auf Bohnen und …»

Bea winkte lachend ab: «Er kommt nicht des Essens wegen, Omi …» Dann zu Andrey: «… das ist Herta, meine Grossmutter. Sie kocht miserabel, spielt aber umso göttlicher Klavier …»

Im grossen Zimmer mit dem Flügel funkelte ein Weihnachtsbaum. Herta legte ein weiteres Gedeck auf den Tisch – ein weisshaariger Mann gesellte sich zu den beiden jungen Leuten. Und Bea stellte ihn vor: «Das ist Alex, mein Opa. Der beste Flötenspieler der Welt …»

Während die Grossmutter in der Küche hantierte, skizzierte Andrey in kurzen Worten sein Leben in Basel. Er berichtete von seinem kranken Vater in Irkutsk. Dabei schaute er Alex lange an: «Du hast seine Augen, sein Haar und sein Lächeln …»

Schliesslich erzählte er von seinem grossen Wunsch, die berühmte Musikakademie der Stadt zu besuchen … und davon, dass sein Vater glaube, dass an Weihnachten alle Wünsche in Erfüllung gehen würden.

Später musizierten sie zu dritt. Schliesslich aber unterbrach Andrey abrupt das Spiel: «Es war so wunderschön – ich habe alles um mich herum vergessen. Dürfte ich vielleicht meinen Vater anrufen?»

Der alte Mann schob ihm ein Telefon hin: «Wer das Leben um sich vergisst, um in die Welt der Klänge einzutauchen – das ist en berufener Musiker!»

Als Andrey die Nummer von Irkutsk eingestellt hatte, antwortete niemand. Später erreichte er eine Nachbarin. Sie sprach leise: «Andrey, es ist so traurig ... du musst jetzt stark sein ... dein Vater ist heute mittag für immer eingeschlafen.»

Lange Zeit redete keiner der drei ein Wort. Vom Nachbarhaus hörte man leise das Lied «Stille Nacht». Da griff Andrey zur Geige. Er spielte ein unbekanntes Stück. Und er spielte so schön, wie er noch nie auf seiner Violine gespielt hatte. Heisse Tränen kullerten über sein Gesicht: «Es ist eine Eigenkomposition. Ein Dankeschön an meinen Vater», flüsterte er.

Es war fünf Jahre später, als Bea am vierten Advent in der ersten Reihe des vollbesetzten Musiksaals sass. Ihre Freundin schaute sie von der Seite an: «... und dein Grossvater hat ihn dann wirklich in die Akademie gebracht?»

Bea lächelte: «Nun ja. Er musste seine Kollegen dort lange bestürmen. Doch schliesslich hat Andrey fünf Professoren vorspielen dürfen – und natürlich sofort einen Studienplatz bekommen. Nach drei Jahren rissen sich bereits die Konzerthäuser um ihn. Er hat Basel verlassen, hat uns aber immer wieder aus aller Welt angerufen. Dieses Konzert hier ist quasi eine Hommage an Weihnachten ... weil er hier erstmals dieses Fest richtig erlebt hat.»

Frenetischer Applaus ertönte. Der junge Künstler nickte kurz dem Dirigenten zu – sofort wurde es still im Saal.

Andrey griff zum Bogen – und die Menschen spürten Glück und Schmerz in seiner Musik. Es war, als würden sie die Töne in Himmel und Hölle zugleich entführen.

Bea erkannte die Melodien – es war das Stück, das er schon einmal an Weihnachten gespielt hatte. Damals für seinen verstorbenen Vater.

Heute spielte er es in diesem grossen Saal ganz alleine für diese Stadt. Und für sie, die an jenem Heiligen Abend ein kleines Mädchen gewesen war.

Sie hatte ihn an der Hand genommen. Und ihm den Glauben an das Wunder von Weihnachten geschenkt.

Ohne Geschenke – ohne Baum

Es war Tante Martha, die am ersten Adventssonntag beim Tee den Vorschlag machte.

Martha war immer ein bisschen der Trockenfisch der Familie gewesen. Hier aber betrat sie dünnes Eis: «Wir könnten doch mal eine ganz vernünftige Familienweihnacht feiern ... ohne Baum. Ohne Geschenke. Wir sind alles keine Kinder mehr. Und das Geld lassen wir einer gemeinnützigen Institution zukommen ...»

Stille.

«Nun ja ...», seufzte Mutter.

«Und was ist mit meinem Fresskorb?», meldete sich die Omi.

«Keine Geschenke! Euch hats doch alle ...», rief ich aufgebracht.

Ich war damals zwölf Jahre alt. Und bekam eine Kopfnuss: «Andere Kinder haben gar nichts ... und du hast ein Zimmer voll von Spielsachen!»

«Nun ja ...», seufzte Mutter noch einmal.

Dann war es eine beschlossene Sache: kein Baum. Keine Geschenke. Ein Check an die Winterhilfe.

Es war eine schlimme Zeit. Die ganze Vorweihnachtsfreude war irgendwie ausgelöscht – die Aufregung am Heiligen Abend wurde durch eine stille Traurigkeit ersetzt. Als die Familie schliesslich das Weihnachtsbaumzimmer betrat, wo kein Lichterbaum zum Fest rief und keine Geschenke unter den Ästen lagen – da schwebte eine eiserne Stille in der Stube. Und die Omi schneuzte sich empört die Nase. «Das ist doch kein Fest mehr!»

Mutter stimmte wie immer «Stille Nacht» an. Niemand wollte so richtig miteinstimmen. Und als Vater mit «Oh Tannenbaum» anfing, begann die Omi zu heulen:

«Welcher Tannenbaum denn? ... Kein Tannenbaum. Kein Fresskorb. NICHTS!»

Die ganze Familie schaute betreten an den Ort, wo sonst der Baum gestanden hatte.

«Jetzt habt euch nicht so ...», versuchte Martha die Stimmung aufzuheitern, «... denkt an das Geld, das vielen Menschen eine Freude bereitet. Im Stall vom kleinen Jesus gabs schliesslich auch keinen Baum. Den haben ein paar Nordlichter erfunden, damit sie ihre Tannen loswerden ... und der Geschenkberg ist das Resultat gut kalkulierender Geschäftsleute ...»

«Die drei Könige haben dem Christkind auch Geschenke gebracht», fauchte ich die Tante an.

«Sei nicht frech!»

Schliesslich setzte Onkel Alphonse seinen Flachmann ab: «Das hier ist echt Scheisse, Kinder ... wir brauchen sofort einen Baum. Sonst macht hier jeder auf Weihnachtskoller ...»

Mutter lächelte ihrem Schwager zu. «Ich kann mir nicht vorstellen, dass wir am Heiligen Abend kurz vor acht Uhr noch eine Tanne bekommen werden, Alphonse ...»

Der Onkel wischte sich den Schnaps aus dem Schnurrbart: «Im Vorgarten steht die Fichte ...!»

«ALPHONSE!» Martha tobte. Sie hatte eh Mühe mit ihrem Gatten und seinem Flachmann. Aber dass er ihr hier in den Rücken fiel, war das Allerletzte.

Mein Vater lachte auf. «Bravo, Alphonse – ich hole schon mal die Säge ...»

Eine halbe Stunde später stand die Fichte zwar etwas schief im Ständer. Aber sie stand. Und die Frauen machten sich über die vielen Schachteln her, die Mutter vom Estrich heruntergeholt hatte: «Nein, wie schön ...

Lotti ... hier ist ja der alte Nikolaus auf dem Schlitten ... und die silberne Eule, die ist doch noch von Oma!»

Es war ein aufgeregtes Hin und Her beim Baumschmücken, ein Lachen und fröhliches Durcheinander. Selbst Tante Martha war nun vom Baumfieber angesteckt. Und half allen aus der Patsche, als die Kerzen fehlten: «Alphonse ... hol die zwei Schachteln aus dem Notvorrat im Keller!»

Es wurde eine wunderbare Weihnachtsfeier.

Wir sangen alle Lieder nochmals – diesmal mit so viel Feuer und Schwung, dass der Putz von der Decke rasselte. Und als dann Mutter für ein paar Sekunden im Schlafzimmer verschwand und mit einem Korb voller Geschenke wieder auftauchte, ging das Beben erst richtig los: «Es sind keine richtigen Geschenke ... nur kleine Nichtigkeiten ... aber ganz so ohne wollte ich dann doch nicht.»

«ICH WUSSTE ES!», schrie nun Tante Gertrude. Sie ging zur Garderobe und tauchte triumphierend mit einer Reisetasche voller Pakete auf: «Das sind meine Kleinigkeiten.»

Als dann auch Tante Martha aus ihrer Wohnung den Fresskorb für die Omi anschleppte («Also – für die Omi wäre es eben kein Fest ohne den Korb!»), wurde es die allerschönste Familienweihnacht, an die ich mich zurückerinnern kann.

Ein halbes Jahrhundert später haben wir am ersten Adventssonntag Kaffee getrunken. Annick, die Angetraute meines Grossneffen (Martha-Seite), meinte: «Wir könnten doch diese Familienweihnacht ohne Baum und Halleluja-Zauber feiern.»

Zuerst war es still. Dann grosses Gelächter.

Annick wurde von mir sanft zur Seite genommen: «Ich erzähle dir jetzt die Geschichte von der baumlosen Familienweihnacht ...»

Vom Wiener Ganserl und Liesels Weihnachtskugeln ...

«NEIN – ICH WILL INS HOTEL!» – Seit Tagen versucht Innocent mir Liesels Wohnung in Wien als Alternative schmackhaft zu machen.

«Sie haben ein prächtiges Palais ... und da ist es doch unsinnig, für ein Mietbett Geld auszugeben ...»

MIETBETT?! ICH WILL DAS SACHER.

«‹Ich will ... ich will ... ich will ...› Hast du denn als Trämlersohn nicht so etwas wie Bescheidenheit gelernt? Ihr lebtet schliesslich nur in einer Dreizimmerwohnung mit Gasherd und ...»

Den Gasherd reibt er mir noch heute unter die Nase.

Und die Trämlerfamilie auch.

Aber mein Freund kapiert die Zusammenhänge nicht: Wenn ich in einem Zwölfzimmerpalast meine Kindheitsträume von der Prinzessin und den Harfenstunden hätte ausleben können, wäre jetzt nicht dieser Drang nach Luxus.

Die Wirklichkeit sah bei uns jedoch frostig aus: An verschneiten Dezembermorgen mussten wir zuerst einmal den Gasofen anwerfen, damit die Eisblumen an den Fenstern wegtauten. Und die Hemden nicht mehr starr wie Eislutscher über der Stuhllehne klirrten.

In der Küche standen die Teller mit den eingefrorenen Essensresten herum, weil wir ab Abendnachrichten kein warmes Wasser mehr im Boiler hatten. Am wohligsten wars da noch in der Waschküche, wo das Wasser für die schmutzigen Leintücher brodelte. Und Vater schon um vier Uhr, bevor er den Sechsertramschlitten aus dem Morgarten-Depot fuhr, den Waschofen mit Holz eingeheizt hatte.

JA KANN MAN DIESER BITTEREN KINDHEIT DAS SÜSSE VON SACHER VERWEIGERN?!

Zugegeben – dank Vaters politischem Kampf und seinen Gewerkschaftern reichte es dann bald einmal für eine Waschmaschine. Eine Zentralheizung. Und einen Gona-Kaffeeapparat. Gona war der Nespresso jener Zeit. Die Maschine bestand aus zwei Glaskugeln. Unten kam Kaffee und Wasser rein – das Ganze wurde hochgekocht. Und hinterliess in der oberen Glasetage einen gefilterten Kaffee, der schauderhaft schmeckte. UND SICHER NICHT SO WIE EIN MOKKA IM SACHER.

«Weshalb ist diese Dreckschleuder überhaupt in Wien?», erkundigte ich mich freundlich nach der lieben Liesel.

Innocent hüstelte verlegen: «Als ich ihr erzählte, wir hätten hier zu tun, nahm sie den nächsten Zug …» Er kicherte: «Du weisst ja, wie sie ist …»

EBEN. TOTAL IN INNOCENT VERSCHOSSEN. ABER DESHALB MUSS ICH NOCH LANGE NICHT IN IHREM BETTCHEN SCHLAFEN. ICH NICHT!

Na gut. Ich habe mich dann durchgesetzt. Ok – es wurde nicht das Sacher. Es war eine kleine Pension, die «Mandel» hiess und Linoleumböden hatte. Als ich nach meiner Toilette fragte, sagte der Etagenwirt eingeschnappt: «Da hättens eben a Schaisshaferl mitnehmen müssen!» Ich meine: Gasherd, ja. Aber immerhin: familieneigene Toilette (wenn auch auf dem Zwischenboden).

Als ich in der Pension Mandel dann vergeblich auf das Wasser im Lavabo wartete, hörte ich aus dem dunklen Flur einen Schrei: «Ihr armen, armen Buaberln … wos lebts ihr hier imma Loch!»

«Ach, Lieselchen …», hörte ich den andern seufzen, «ich wäre ja so gerne zu dir gekommen. Aber du kennst ihn ja!»

DIESE FIESE RATTE!
Liesel hatte sich ganz auf Weihnachtsfrau aufgerüscht. Ich meine: Ihre beiden Möpse waren so hochgewuchtet, dass sich diese im Dirndl-Ausschnitt präsentierten wie zwei gigantische Weihnachtskugeln vor dem Einfädeln.

Innocent hatte seine Nase bereits ins Kugellager gesteckt und röchelte entrückt. «... das ist für mich Weihnachten, liebe Liesel! So etwas versteht unsereins unter FEST.»

Sie strubbelte sein Haar, sodass sein Hörapparat schrille Pfiffe von sich gab: «Mai guats Buaberl ...»

DAS BUABERL IST 80!

Und Liesel hat auf ihrem Tacho noch einen Zacken darüber. Vor meinen Augen spielte sich das Krippenspiel der Geriatrie ab.

«Ahhh – und s verfressene Dreckwurschtel iss au da?» sagte sie, während ihr Blick nun über Innocents zerzupftes Haar in meine Richtung wanderte. «Was hasch denn der liaban Liesel mitbrocht?»

«Drei Paar Stützstrümpfe und den Prothesenkleber für die Dritten, den du gewünscht hast ...», gab ich eisig Gegenwind.

«Du mai Spassvogerl!», kreischte sie vergnügt und biss Innocent lustig in die Nase, sodass sich diese vom Weinrötlichen ins Tintenblaue färbte.

«Y hob e Sürpriis für mai Buaberln.» (Wie gesagt, die Bubaerln sind 80 und 55.)

Wir hockten nun im Sacher vor dem «Dreistöckerl», was ein Dreistufenteller mit Gebäck und Törtchen ist. Der Sacher-Teller kostete so viel wie eine Suite im gleichnamigen Etablissement – also hätten wir genauso gut auch hier übernachten können. Ohne Gangtoilette und 50-Cents-Duschapparat.

Innocent tätschelte Liesels Schulter, sodass die Weihnachtskugeln fast über den Dirndlrand gehüpft wären: «Du bist immer so gut zu uns …»

«Joo», strahlte sie, «y hob e Weihnachtsganserl im Ofen!»

JETZT WILL UNS DIESE KUH TATSÄCHLICH EINE GANS SERVIEREN! Nicht mit mir. Ich hasse Gänsefleisch. Immer so trocken. Und irgendwie muffig.

«DIE GÄNSE HABEN ROM GERETTET – SO ETWAS ESSEN WIR NICHT!», legte ich los.

«Für dich hoob y a Döner vum Kelim – hobs gleich docht, dass d stänggern wirdsch!», grinste Liesel.

«Eine Gans!?», jauchzte Innocent, dieser falsche Fünfer. Er mag nämlich kein Geflügel. Wenn ich daheim ein Huhn vorsetze, baut er gleich die Krise: «Das esse ich nicht … und schon gar nicht mit Rotkraut. Du weißt, dass ich Rotkraut hasse … weshalb machst du das?»

Unsereins will ja auch mal Spass haben.

«Innocent isst nichts mit Federn …», gab ich meiner Schadenfreude freien Lauf.

«Die Federn saans ab …», erklärte Liesel trocken. «Die Gans is vun Martini übrig bliieben …»

Ich muss gestehen: Als wir im grossen Esssaal des Herrn Grafen sassen, als da alles funkelte und prunkelte, fühlte ich mich erstmals zu Hause. Herbert, Liesels Graf von und zu, schaute mich verschwörerisch an: «Y ess au kai Ganserl net … y hab uns von der Mizzi a Kaiserschmarrn bocken lossen …»

UND DANN WURDE DAS RIESENVIEH AUF SILBER AUFGETRAGEN. Stilvoll. Aber trocken. Da hätte man auch einen Staubsaugersack auf Rotkraut servieren können.

«Wie herrlich», sülzte Innocent. Seine Pinocchio-Nase wuchs bis zum Herrenzimmer. «… und dann noch Rotkraut! Ach, Liesel …»

Zu Hause, im Eisenbett der Pension Mandel, zischte ich zu Innocent: «Da du Gefiedertes plötzlich so gerne isst … am Heiligen Abend mache ich uns ein Huhn. Und zwar auf Rotkraut!»

Stille.

Dann flüsterte er: «Hast du dir nicht eine Rolex unter dem Baum gewünscht …?»

Die Schneekugel

Annekäthi, die alte Sonnenmatt-Bäuerin, blieb vor dem Hotel Engel stehen.

Der Himmel sah nach Schnee aus. Hinter jeder Dorfecke schmeckte man den kommenden Advent: Es war grau. Düster. Und eisig kalt.

Noch waren die Geschäfte geschlossen. «Ein totes Dorf …», knurrte die Bäuerin, «… und eine Woche vor Weihnachten ist dann hier der Teufel los!»

«Was brummelst du wieder vor dich hin?», lachte Göpfi, der Milchwirt von der Engstligenalp.

Annekäthi schaute auf: «Ist doch wahr … das ganze Jahr tote Hose. Nur wenn der Himmel uns Schnee schickt, kommt Leben in die Bude … und mit den weissen Flocken auch der Touristenstrom …»

«Und das hier ist eine Schande!» Annekäthi zeigte mit ihren Kopf zum «Engel». «Kein Weihnachtsschmuck … keine Lichter … Edi lässt das Haus total verkommen … Gottlob muss das Rebecca nicht mehr miterleben …»

«Ja», nickte Göpfi. Und nahm seine kalte Pfeife aus dem Mund: «Mit Rebecca war das Hotel eine Pracht. Immer zu Weihnachten hin hat sie die Balkone mit Sternenlichtern geschmückt. Das war fast schon ein bisschen Weihnachtsmärchen im Dorf …»

«Die arme Rebecca …», seufzte Annekäthi und machte sich auf den Weg: «… und der arme Thomas.»

Göpfi blieb noch einen Moment stehen. Er dachte an die junge, schöne Wirtin des «Engels». Sie war die goldene Sonne im Dorf gewesen. Damals waren im prächtigen Hotel die Gäste ein- und ausgegangen. Ob im Sommer. Ob im Winter. Der «Engel» war immer voller Lachen – und Rebecca das Herz des Hauses. Bis die Sache mit dem Unfall passierte.

Thomas sass vor seinem Teller mit Röschti. Er rührte ihn nicht an.

«Du musst essen, Bub», sagte Svetla, die tschechische Serviertochter, und strich ihm über den Kopf. Seit drei Jahren war sie nun im Haus. Der Bub war ihr ans Herz gewachsen. Sie setzte sich zu ihm: «Weshalb bist du immer so traurig, Thommy? Und dein Vater so verbittert …?»

«Er ist nicht mein Vater!», flüsterte Thomas.

Gut. Svetla wusste Bescheid – beim Vorstellungsgespräch hatte ihr Edi eröffnet: «Meine Frau ist bei einem Unfall ums Leben gekommen. Thommy ist ihr Sohn. Sie werden sich um ihn kümmern müssen … ich habe andere Sorgen!»

Svetla sagte zu. Packte an. Sie schaffte es, dass sich die Skitouristen wieder wohlfühlten.

Als sie an Weihnachten jedoch das Hotel festlich schmücken wollte und einige Lichter nach Hause brachte, blaffte sie Edi an: «Es kommt mir kein Licht ans Haus. Nichts von diesem Firlefanz. Es bleibt, wie es ist … keine sentimentale Weihnachtsstimmung, bitte …»

«Aber die Gäste», stammelte Svetla.

«Was gehen mich die Gäste an?», hatte Edi geknurrt.

Thomas sass noch immer schweigend am Tisch. Er spielte mit einer Schneekugel: «Die hat Mama mir geschenkt. Vier Tage bevor es passiert ist …»

Svetla setzte sich nahe zu ihm. «Was ist denn passiert, Thommy? Willst du es mir nicht erzählen? … Niemand sagt mir hier etwas … alle reden immer nur von Rebecca. Und dass sie der Engel im ‹Engel› gewesen sei …»

«Sie war die beste Mutter der Welt», flüsterte der Kleine. «Sie ist wie du aus dem Ausland hierhergereist. Und brachte mich als Baby mit. Edi gab ihr Arbeit im Hotel. Er war vom ersten Tag an verliebt in ihre fröhliche Art. Dann hat er sie geheiratet. Und Mama hat aus dem Haus das schönste Hotel des Ortes gemacht. An Weihnachten wurde es ein Sternenpalast. Überall hing sie Lichter auf. Sie dekorierte die Stuben mit Tannenästen und verglimmerten Christrosen. Edi hat sie ausgelacht: ‹So ein Kitsch ... aber wenns dir Freude macht, Rebecca ...›»

Der Kleine hielt einen Moment inne: «Es hat a l l e n Freude gemacht. Die Leute liebten die Weihnachtszeit im ‹Engel› ...»

«Und dann?», fragte Rebecca sanft.

«... und dann kam dieser Tag, wo Mama mit mir Ski fahren ging. Es war eine Woche vor Weihnachten. Ich war erst sechs Jahre alt. Aber ich fuhr schon recht gut ...»

Er stockte: «... ich soll keinenfalls die schwarze Piste nehmen. Die sei zu gefährlich, hatte Mama mir eingebläut. Aber ich hörte nicht auf sie. Fuhr davon. Und alles war so steil ... plötzlich konnte ich nicht mehr bremsen. Ich schrie. Und liess mich fallen. Da sah ich Mama, wie sie in ihrer roten Windjacke zu mir fuhr ... sie war keine gute Skifahrerin ... im Land, wo sie aufgewachsen war, gabs keinen Schnee. Sie konnte auch nicht mehr bremsen ...»

Der Kleine begann nun zu weinen: «Sie jagte an mir vorbei ... plötzlich hörte ich diesen Schrei ... und dann war alles ruhig. Eisig still ...»

Den Rest der Geschichte hatte Svetla schon hundert Mal von den Gästen zu hören bekommen: Man fand Rebecca unter einer Felswand. Tot.

Thomas schüttelte die Schneekugel: «Mama hat gesagt, sie würde immer schneien. Aber ...»

Thommys Stimme brach: «... aber seit drei Tagen schneit sie nicht mehr. Es ist, als wäre der Schnee eingefroren!»

In diesem Moment kam Edi in die Wirtsstube. Er schaute auf den Jungen: «Was heulst du da ... und was willst du mit der verdammten Schneekugel?»

Thommy wischte sich hastig die Tränen aus dem Gesicht: «Sie ist wie eingefroren, Edi ... und Mama hat gesagt, dass die Kugel immer schneien werde ... sie sei dann bei mir!»

Edi baute sich vor dem Jungen auf. Und brüllte: «Hör auf damit! Deine Mutter ist tot ... TOT!» Seine Augen funkelten den Jungen zornig an: «... und du bist schuld daran.»

«Edi! Es ist genug!», sagte Svetla scharf.

Thomas sass kreideweiss vor seinem Essen. Dann erhob sich das Kind langsam: «Ja – ich bin schuld daran!»

Wortlos ging der Bub aus der Wirtsstube.

«Das hättest du nie sagen dürfen!», sagte Svetla dem Wirt vorwurfsvoll.

Plötzlich aber sackte der mit einem lauten Schluchzen in sich zusammen: «Ich weiss ... ich bin ein schrecklicher Stiefvater, Svetla, der Kleine hat mich zurecht noch nie Papa genannt ... und das ist sicher meine Schuld ... ich war immer so eifersüchtig auf ihn. Er war bei Rebecca erste Wahl ... alles drehte sich um ihn ... dann um die Gäste ... und für mich blieb kaum Zeit ...»

Edi sass am Tisch. Der Schmerz schüttelte ihn durch.

«... und als sie ihm diese Schneekugel schenkte ... als ich hörte, wie sie sagte, sie sei immer für ihn da, solange es in dieser Kugel schneien würde … da fühlte ich mich so jämmerlich alleine. Verlassen …»

Edi schneuzte sich nun in sein rotes Taschentuch: «Entschuldige, Svetla, ich habe mich gehen lassen … aber es tat gut, mal alles auszusprechen.»

Svetla klopfte ihm auf die Schulter: «Ist schon ok, Edi – vermutlich haben Rebecca und du zu wenig miteinander über die wichtigen Dinge im Leben geredet … und die wichtigen Dinge sind: Gefühle zeigen. Und sie aussprechen …»

Am folgenden Tag lag Thomas mit Fieber im Bett. Svetla schickte nach dem Arzt. Der diagnostizierte eine Grippe.

In der Nacht stieg das Fieber bedrohlich. Und der Arzt wollte Thomas ins Spital verlegen.

Jetzt schüttelte Edi den Kopf: «Nein. Ich schaue zu ihm. Ich werde mein Bestes geben. Und Svetla auch …»

Eine Nacht und einen Tag sassen die beiden am Bett des Jungen. Thomas hatte die Augen geschlossen. Als Svetla aus dem Zimmer ging, um neue Bettwäsche zu holen, nahm Edi die Hand des Jungen: «… es tut mir leid, Thomas … ich habe Mist geredet … man kann nicht gegen das Schicksal angehen … niemand kann das … und so bist du auch nicht schuld am Tod deiner Mutter … sie hat dich so fest geliebt, dass es mich schmerzte … werde wieder gesund … ihretwegen. Und auch meinetwegen. Denn du bist das Einzige, was mir von ihr geblieben ist …»

In diesem Moment spürte Edi, wie die kleinen Finger des Buben seine Hand drückten.

Die ersten Skigäste kamen ins Haus. Einer von ihnen war Arzt. Und Edi erzählte ihm von Thomas.

«Darf ich ihn sehen?», fragte der Doktor lächelnd.

Am Bett untersuchte er den Jungen: «Ich bin der Max. Dein Vater macht sich grosse Sorgen um dich ...»

Der Kleine hielt die Augen geschlossen. Aber auf seinem fiebrigen Gesicht zeigte sich ein kleines Lächeln. Es war, als würde erstmals die Sonne durch die grauen Regenwolken scheinen ...

In der Wirtsstube setzte sich Max zu Edi: «Ich glaube, er ist über dem Berg. Es scheint eine psychische Erschöpfung zu sein ... drei, vier Tage Ruhe. Und die Sache wird sich geben ...»

In diesem Moment brach alles aus Edi heraus: «Ich war so ein Schwein ... ich war so hart zu ihm ...»

«Du warst vor allem hart zu dir selber ...», sagte ihm Svetla, während sie ihm die Schulter streichelte.

Da schaute ihr Edi in die Augen: «Svetla ... in vier Tagen ist Weihnachten ... wir haben das Haus nicht geschmückt ... auf dem Estrich liegen Rebeccas Lichterketten ... und die versilberten Christrosen ... wir wollen das Haus schmücken, für Thommy ... für unsere Gäste ... fürs ganze Dorf ... und für Rebecca.»

«... und für dich», lächelte Svetla.

In einer Nacht-und-Nebel-Aktion wurde der «Engel» wieder zum Weihnachtsmärchen. Wie ein Lauffeuer ging es durchs Dorf: «Der Edi will sein Hotel schmücken ... es sollte bis Weihnachten fertig sein ... wer hilft mit?!»

Es kamen alle.

Am Heiligen Abend versammelten sich vor dem Gottesdienst nicht nur die Ski-Touristen im «Engel». Auch die Dorfbewohner kehrten ein.

«Wie geht's Thommy?» Die Sonnenmatt-Bäuerin nahm Svetla am Arm. Sie balancierte eben ein Tablett mit Tee-Rum-Gläsern vorbei: «Danke, Annekäthi ... er hat kaum mehr Fieber. Und isst wieder wie ein junges Kalb.»
Die Bäuerin strich sich zufrieden die Trachtenschürze glatt: «So ist es recht. Und ehrlich – so schön hat das Haus nicht einmal bei Rebecca ausgesehen ... du hast es wunderbar geschmückt, Svetla!»
Edi lachte Annekäthi an: «Danke fürs Lob – da habe i c h aber auch mitgeholfen ...»
In diesem Moment öffnete sich die Türe zum Privée. Auf der Schwelle stand Thomas. Er hielt seine Schneekugel auf der ausgestreckten Handfläche. Und ging auf Edi zu: «Schau nur ... sie schneit wieder ... SIE SCHNEIT!»
Dann schaute der Junge Edi in die Augen: «Ich schenke sie dir, Papa – als Erinnerung an Mama. So ist sie immer bei dir ...»
Edi nahm den Buben in die Arme. Tränen kullerten ihm über das ganze Gesicht. «Danke dir, mein Sohn», stammelte er, «ich danke dir ... und ich verspreche dir, dass ich auch immer für dich da sein werde ...»
In diesem Moment riefen die Glocken der alten Dorfkirche die Leute zum Gottesdienst. Annekäthi drückte sich die Trachtenhaube zurecht. Sie schaute zur offenen Wirtschaftstüre: «Schaut nur ... es hat zu schneien begonnen ...»

Das andere Rotkäppchen

Nelly schaute aus dem Fenster.

Die «Meteo»-Tante hatte weisse Weihnachtstage versprochen. Doch noch war kein Schnee in Sicht – nur die grauweissen Dampfwölkchen, welche die knapp bekleideten Frauen auf der Strasse aus ihren grellroten Mündern ausstiessen.

«Die armen Mädchen ...», brummte Nelly, «... die holen sich in dieser Aufmachung doch alle einen Blasenkatarrh ...»

Nelly war anfangs skeptisch gewesen – eine Altersresidenz mitten im Rotlichtmilieu? Bald aber merkte sie, dass die Geschichten, die sich unter ihrem Zimmer auf dem Trottoir abspielten, faszinierend waren. Und als Milly, ihre Freundin, sie beim ersten Besuch entsetzt auf die Umgebung ansprach: «Nelly ... Nelly ... HIER?! Wie kannst du auch?!», grinste sie nur. «Ich finds absolut heiss. Und spannender als jedes Drehbuch von ‹Tatort› ...»

Jeden Tag legte sie ein altes Sofakissen auf die Fensterbank. Und beobachtete die Szenerie: dlagg ... dlagg ... dlagg, trommelten die hohen Hacken aufreizend auf den Asphalt.

Meistens hatten die Freier nur Augen für das Angebot, das unter Nelly hin und her stöckelte. Blickte einer zufällig mal nach oben und entdeckte die alte Frau, wie sie mit verschränkten Armen auf dem Kissen dem Treiben zuschaute, guckte er sofort geniert weg.

Langsam brach jetzt die Nacht herein. Weihnachtslichter funkelten wie irr gewordenes Feuerwerk an Fenstern und in Vorgärten. Nelly schaute seufzend auf den Tisch mit dem Weihnachtsbäumchen, das sie für Johnny geschmückt hatte. Ihr Enkel war der letzte Verwandte – die Tochter war schon vor zehn Jahren gestorben. Krebs. Ihren Schwiegersohn hatte Nelly nie kennengelernt. Also blieb ihr nur Johnny.

Früh morgens schon hatte Johnny sie besucht und gewinselt: «Das letzte Mal, Oma!»

Nelly hatte traurig diesen bleichen Kopf mit den grossen Augen und den riesigen Pupillen angeschaut: «Es ist immer ‹das letzte Mal›, Johnny!»

Dann steckte sie ihm eine Hunderternote zu: «Weil Weihnachten ist!»

Johnny hatte gierig nach dem Geld gegriffen. Und sich schleunig aus dem Staub gemacht. Nelly wusste, dass sie auch diesen Heiligen Abend alleine feiern würde.

Sie wollte eben die Vorhänge ziehen, als sie «Rotkäppchen» sah. Nelly nannte die dunkle Prostituierte so, weil sie die pechschwarzen Locken stets unter ein rotes Strickkäppchen zwängte. Die Wollmütze passte so gar nicht zu den kniehohen Stiefeln und dem rosigen T-Shirt mit der Aufschrift «FUCK YOU!». Aber die schwarze Frau trug das Käppchen im Sommer wie im Winter.

Die Strasse war nun leer. Die Kundschaft sass wohl irgendwo unter einem Weihnachtsbaum und verteilte Geschenke an Frau und Kinder. Rotkäppchen guckte nach oben. Nelly winkte der Frau zu. Diese winkte etwas unsicher zurück. Nelly öffnete das Fenster: «Come to me!»

Fünf Minuten später sassen beide am Tisch mit dem kleinen Baum. Rotkäppchen sprach erstaunlich gut deutsch: «Ich besuche einen Migrantensprachkurs – immer morgens!»

Nelly setzte Teewasser auf. Und holte das Weihnachtsgebäck, das Milly ihr gebacken hatte.

«Ich heisse Hawa», sagte die Frau. «Ich bin nun seit drei Jahren hier. Und noch nie hat jemand mich eingeladen …»

«Es ist Weihnachten», sagte Nelly nur.

«Ich weiss», lächelte Hawa.

Zuerst sassen sie nur schweigend am Tisch. «In zwei Monaten ist dies hier vorbei», unterbrach Hawa dann die Stille. «Dann habe ich alles abbezahlt … ich arbeite für meinen Schlepper. Aber in zwei Monaten mache ich das nicht mehr … dann arbeite ich als Näherin. Ich kann gut nähen, kann auch eure Sprache. Zwei Jahre lang habe ich die Sprachkurse für Migranten besucht.»

Nelly schenkte den Tee ein.

«… am grausamsten war die Kälte», flüsterte Hawa. «Das mit den Männern war nicht so schlimm. Ich schloss die Augen. Und dachte an die Flamingos an unserm See. Aber das Eis in den Augen der Menschen hier – das hat wehgetan …»

Nelly nahm zaghaft die schwarze Hand: «Ich habe dich immer Rotkäppchen genannt», lächelte sie.

Erstmals leuchteten die Augen von Hawa auf. «Die Strickmütze ist von meiner Mutter. Als ich mich von ihr verabschiedete, drückte sie mir die Kappe in die Hände: ‹Du gehst in ein kaltes Land, Hawa, in eine eisige Zeit … vergiss uns und deine Wurzeln nicht!›»

Nelly sah, wie über Hawas ebenholzfarbene Wangen Tränen wie glasige Perlen rollten.

«Nicht weinen, Hawa!»

Die schwarze Frau schaute sie an. «Es ist aber ein Geschenk. Das grösste Geschenk. Ich habe, seit ich ein kleines Mädchen war, nie mehr weinen können … die Tränen sind wie ein Weihnachtsgeschenk für mich!»

Drei Stunden später schaute Nelly aus ihrem Fenster, wie sich die Strasse wieder belebte. Die Bescherung war vorbei – und (so hatte ihr Hawa erzählt) die Stunden nach der Familienfeier würden zu den «Rushhours» in diesem Gewerbe.

Für einen Sekundenmoment blickte Hawa nach oben. Sie winkte nur kurz. Und Nelly schaute auf den Tisch, wo die rote Strickmütze lag, welche ihr die Frau aus Kenya geschenkt hatte: «Ich brauche sie jetzt nicht mehr. Nimm sie – als Dank, dass ich weinen durfte. Und etwas Wärme verspürte ...»

Nelly öffnete das Fenster. Etwas war anders. Glitzernde Flocken wirbelten durch die Luft. Und es war geheimnisvoll still. Von irgendwoher läuteten Kirchenglocken zur Mitternachtsmesse.

Vor ihrem Stubenfenster gingen die Mädchen noch immer auf und ab. Aber ein weisser Schneeteppich legte sich langsam auf den grauen, schmutzigen Asphalt. Und liess das harte «Dlagg ... dlagg ... dlagg ...» ihrer Absätze barmherzig verstummen.

Wie Niggi mit dem Kalb das Christkind suchte …

Die Nacht war klirrend kalt. Eisig.

Niggi stampfte durch den Schnee in den Wald. An einem Seil führte er Klara mit sich – Klara, das Kalb, das Anfang Jahr zum Metzger geführt werden sollte.

«Im Wald wartet das Christkind auf uns», redete Niggi auf Klara ein.

Das Kalb schien nicht sehr beeindruckt. Es schnaubte kleine Wölkchen vor sich hin. Und blinzelte verärgert, weil dieser kleine Bub es aus dem warmen Stall geholt hatte.

«… und in der Heiligen Nacht spricht das Christkind im Wald zu den Tieren. Es hilft ihnen allen.»

Dem Kalb wäre eine Extraportion Milch lieber gewesen.

Als im Stall des Sonnenhof-Göpfi die kleine Klara geboren wurde, durfte Niggi anpacken. Und später das Frischgeborene waschen. Das Kälbchen begann an seinen Fingern zu lutschen. Und Niggi spürte eine unglaubiche Wärme, etwas, das er bis anhin nicht gekannt hatte.

Er war Einzelkind – Sohn des Dachdeckers Walter Stucki. Mit seiner Familie lebte er in einem kleinen Ort des Berner Oberlands. Im Winter half der Vater mitunter am Skilift aus. Aber seit einigen Jahren blieb der grosse Schnee weg. Und somit auch der Winterlohn.

Niggis Mutter Elise arbeitete in der Dorfbäckerei. Ihr Lohn brachte die Familie knapp über die Runden. In den wenigen freien Stunden putzte sie die Chalets, wo die Feriengäste wie Fliegenschwärme auf Weihnachten anstürmten.

Viel Zeit für den Sohn blieb da kaum. Es blieb überhaupt kaum Zeit für einander. Die Alten redeten selten. Seit Niggis kleine Schwester als dreijähriges Mädchen an einem Virus sterben musste, herrschte eine dunkle Trauer im Haus – eine Stille, der Niggi zu entfliehen suchte. Weshalb er jeden Tag im Stall des Sonnenhof-Bauern anzutreffen war.

Zwar redete Gottfried, den die Dörfler «s Göpfi» nannten, auch kaum ein Wort. Aber da waren alle die Tiere, denen Niggi Namen gegeben hatte. Pelzige Knuddelwesen, die er streicheln konnte. Und die ihm diese Wärme schenkten, welche er sonst nirgends bekam.

«Komm», rief Niggi nun Klara zu, «das Christkind wartet …»

Das Kalb schaute genervt himmelwärts – mit diesem langen Blick, den eben nur Kühe auf diese Welt mitbekommen.

«Ja heitere Fahne!», knurrte Göpfi. Er stand vor der offenen Stalltüre. Und er sah es sofort: Klara war weg!

Göpfi konnte nichts so schnell erschüttern.

Gut. Manchmal trank er zwei, drei Bätziwasser über den Durst. Seit Rösi, seine Frau, gestorben war, kam dies öfters vor. Und wenn er zu viel intus hatte, konnte es schon mal vorkommen, dass er die Beherrschung verlor. Wie damals im «Bären».

Ein besoffener Amerikaner hatte ihn angemacht. Der Texaner versuchte Göpfi das Wollkäppchen vom Kopf zu reissen. Aber das Käppchen hatte ihm Rösi als Letztes gestrickt. Da hatte der Sonnenhof-Bauer rot gesehen – und den Amerikaner geschüttelt, bis dieser blau anlief. Schliesslich gab er ihm einen sanften Schwingerstoss. Und dieses amerikanische Weichei fiel doch tatsächlich wie ein gefällter Baum vom Barhocker. Göpfi hat daraufhin eine Zwanzigernote auf die Theke gelegt. Und den

«Bären» verlassen. Eine Woche später hat ihn Pierens Ernstli angerufen: «Ich wollte dir nur sagen – der Texaner hat eine Anzeige wegen Körperverletzung gemacht!»

«Leck mich doch!», hatte Göpfi den Dorfpolizisten angebrüllt. Und war seither nie mehr im Dorf gesehen worden.

Der Sonnenhof-Bauer also mochte den kleinen Buben der Stuckis. Er war erstaunt, wie dieser bei den Tieren gut zupacken konnte. Ein einziges Mal nur hatte Göpfi dem Jungen zeigen müssen, wie man die Melkmaschine ansetzt – der hatte das sogleich drauf und begriffen.

Als das Kälbchen auf die Welt kam, durfte Niggi bei der Geburt mithelfen – «Klara» hatte er es getauft. Und als Göpfi dem Jungen fünf Monate später erklärte, Klara sei im Januar reif für den Metzger, da hatte dieser ihn nur stumm angeschaut. Doch Göpfi würde diese anklagenden, schreienden Augen nie vergessen.

Der Mond schien nun hell über die Christnacht. Er warf sein milchiges Licht auf den wenigen Schnee, den der Heilige Abend den Menschen geschenkt hatte. Und Göpfi knurrte erneut: «Heitere Fahne.»

Er sah die Spuren auf dem Weg zum Wald – Bubenschritte im weissen Pulver. Und daneben die vier Abdrücke von Klara.

«Jetzt hol mich der Teufel!», sagte der Sonnenhofbauer kopfschüttelnd, ging ins Haus und kam mit zwei Wolldecken zurück.

Dann schaute er zu den Sternen: «Ich weiss, dass ich nicht fluchen soll, Rösi – aber du wirst bei denen da oben ein gutes Wort für mich einlegen …»

Göpfi spürte, wie ihm die Tränen hochstiegen.

Und stampfte in die Heilige Nacht.

Bei Stuckis duftete es köstlich nach Schinken im Teig. Elise hatte den Baum geschmückt. Sie tat es für den Jungen. Seit ihr Töchterchen von dieser Welt gehen musste, war alles in ihr mitgestorben. Auch die Weihnachtsfreude.

Walter kam mit einem Holzstück in der Hand in die Stube. Es war eine Kuh, die er für Niggi geschnitzt hatte.

«Kannst mir diese einpacken, Lisi?», fragte er seine Frau.

Sie nahm das geschnitzte Tier. Und nickte anerkennend: «Schön, Walti, schön – du müsstest mehr schnitzen!»

Dann war für eine Zeit lang wieder alles gesagt.

Schliesslich unterbrach Walter die Stille: «Wo ist eigentlich der Junge? Wir wollen nicht zu spät essen, wenn wir dann noch die Kerzen anzünden ...»

Drei Minuten später war es vorbei mit der Stille.

Die beiden hasteten durch das Haus. Gingen nach draussen. Und riefen immer wieder Niggis Namen.

«Er ist weg ...», flüsterte Elise. Und begann zu zittern: «Gott im Himmel – nimm uns nicht auch noch dieses Kind!»

Schliesslich schrie sie laut auf. Ihr Mann nahm sie in die Arme. «Lisi ... bitte, Lisi ... beruhige dich ... ich bin ja hier ... Niggi kommt bestimmt bald wieder ... es wird sich alles finden.»

Er streichelte ihren Rücken. Er nahm sie in die Arme – etwas, das er seit Jahren nicht mehr gemacht hatte.

Ihre Tränen rollten über seine Wangen. «Es wird gut ... Lisi ... es wird alles gut», flüsterte er.

Eine halbe Stunde später rief Walti den Dorfpolizisten an. «Der Junge ist weg ...»

Seit zwei Stunden stapften Niggi und Klara bereits durch den Wald. Das Kalb hatte endgültig genug und blieb stur stehen – so stur, wie eben nur Kälber stehen blieben.

Niggi suchte nach dem Licht. In seinem Buch mit den Weihnachtsgeschichten stand, dass das Christkind den Tieren als Licht erscheinen würde. Und jeder der Vögel oder Vierbeiner dürfe einen Wunsch aussprechen.

Das Kalb hatte nur einen Wunsch: zurück in den warmen Stall.

Niggi redete dem Tier gut zu: «Nur noch ein paar Schritte ... sicherlich taucht das Christkind bald mit dem Lichterstrahl auf ... du willst doch nicht zum Metzger, Klara ...»

Und dann sah der Junge plötzlich, wie eine Lichtkugel ganz langsam auf ihn und Klara zukam ...

«Da ist es», flüsterte Niggi aufgeregt zum Kalb, «bitte das Christkind nun darum, beim Sonnenhofbauer bleiben zu dürfen und ...» Klara sperrte den Mund auf. Sagte aber nichts. Das Kalb gähnte.

«Ja gehts euch beiden eigentlich noch ...», tobte eine Stimme. Es war Göpfi. Und der Sonnenhofbauer hörte, wie seine Stimme in ein Schluchzen kippte.

«Pssst – wir warten aufs Christkind, damit Klara nicht zum Metzger muss ...», flüsterte Niggi.

Der Bauer holte ein feuerrotes Taschentuch. Schneuzte hinein. Und antwortete heiser: «Die Klara muss nicht zum Metzger ... sie bleibt auf dem Hof. Ich habe mit dem Christkind gesprochen ...» Er schneuzte sich nochmals laut: «Du wirst aber für die kleine Kuh sorgen müssen und ...»

Göpfi warf eine Wolldecke über den Jungen. Die zweite über Klara: «Und jetzt machen wir uns schleunigst auf den Rückweg ... deine Alten werden sich verdammt sorgen, Junge.»

Bei «verdammt» zuckte Göpfi leicht zusammen. Schaute zum Himmel mit all den glitzernden Sternen: «Tut mir leid, Rösi – soll nicht mehr vorkommen. Ich soll ja unserm künftigen Jungbauer ein Vorbild sein.»

Und für einen kurzen Augenblick war es Göpfi, als hätte ihm das Kalb an seiner Seite zugeblinzelt ...

Pierens Ernstli schüttelte den Kopf: «... und er hat gar nichts gesagt?»

Das Ehepaar sass am Tisch. Sie hielten einander die Hände. Elise schluchzte: «Er hat nie viel gesagt. Vielleicht weil wir ihn auch nie etwas gefragt haben ...»

Sie drückte die Finger ihres Mannes. «Wir waren alle in unserm eigenen Schmerz vergraben. Und wir haben wohl gar nicht gemerkt, wie einsam jedes andere sich fühlte ...» Sie schluchzte wieder auf.

«Manchmnal besucht er den Göpfi. Niggi liebt die Tiere ...», sprach Walti nun leise. «Er hilft dort immer im Stall ... ich glaube, er würde mal ein guter Bauer werden und ...»

In diesem Moment hörte man Schritte. Elise jagte von ihrem Stuhl auf und rannte zur Türe: «NIGGI!», sie sank vor dem Jungen auf die Knie und drückte ihn fest an sich: «NIGGI – es ist so wunderbar, dich zu haben!»

Zum ersten Mal fühlte Niggi, wie eine Wärme in ihm aufstieg – er war glücklich, spürte ein Stück Weihnachtsglück, das er bis anhin nicht gekannt hatte ...

Die fünf Personen sassen am Tisch. In der Ecke funkelten die Kerzen der kleinen Christtanne. Und Elise schleppte ein Tablett mit Anisbroten, Läckerli und Mailänderli an: «Die hat mir die Bäckersfrau mitgegeben – und eine Rüeblitorte!»

Der Dorfpolizist hatte bereits drei Mal vom Schinken geschöpft – und äugte nun zum Sonnenhof-Göpfi: «... weshalb bist du nie mehr ins Dorf gekommen? Und warum sieht man dich im ‹Bären› nicht mehr?»

Der Göpfi schüttelte unwillig den Kopf: «... ach, da ist doch noch diese Anzeige von jenem Scheiss-Texaner ... da wollte ich mich eben rar machen ...»

Der Polizist grinste: «Du hast Schiss gehabt. Das soll dir für dein ungestümes Temperament und die Sauferei eine Lehre sein. Weil heute aber Weihnachten ist, kann ich dir mitteilen, dass das Christkind schon damals die Anzeige gleich in den Papierkorb geworfen hat ...»

Mittlerweile hatte Niggi die Holzkuh seines Vaters ausgepackt. Er betrachtete sie stumm: «Oooohhh – die ist ja wunderschön. So schön wird einmal meine Klara ...»

Schliesslich nahm der Vater den Sohn in den Arm: «... und jetzt erzähl mir mal, wie du dazu gekommen bist, mit einem Kalb auszubüxen ...»

Niggi schaute mit seinen klaren Bubenaugen jeden an: «Ihr wisst doch, dass das Christkind in der Weihnachtsnacht auf Erden kommt, um mit allen Menschen und Tieren zu sprechen. Da kann dann auch mal ein Wunder geschehn ...»

Da lächelten alle schweigend vor sich hin. Und spürten, dass in dieser Nacht jedem von ihnen so ein Wunder passiert war ...

Schöne Bescherung

«… und du willst am Heiligen Abend wirklich alleine bleiben?» Marthas Tochter hörte sich sehr verunsichert an.

«Ja.»

«Aber wir können wirklich gerne mal auf unsere Skiwoche verzichten und mit dir …»

«NEIN!»

Gekränkte Pause. Dann: «Wirst du ihn nicht sehr vermissen? Du hast doch den Weihnachtsbaum stets für ihn gemacht und …»

Aufgehängt.

Martha gingen solche «Jetzt packe ich dich in Watte»-Momente zünftig gegen den Strich.

Gut. Sie war 46 Jahre lang mit Max verheiratet gewesen. Gute Jahre. Schlechte Jahre. Durchschnitt eben.

Und es stimmte: In der Adventszeit war ihre Beziehung stets etwas aufgeblüht. Beide waren Weihnächtler. Beide liebten die Lichter im Vorgarten … die schöne Bescherung, mit der sie einander gegenseitig überraschten … den Weihnachtsbaum, der die Decke kratzen musste.

Nun war es die erste Weihnacht ohne all dies.

Max hatte am Heiligen Abend stets das Quick-Schüfeli vorbereitet (obwohl Marthe «Schüfeli auf Bohnen» hasste. Sie hätte lieber ein Filet gehabt. Aber das vermaledeite Schüfeli gehörte eben dazu, weil der Duft des geräucherten Schweinefleischs ihren Mann an seine Kinderweihnacht erinnerte).

Martha hatte hinter verriegelter Türe den Baum geschmückt. Und selbst als die Kinder schon lange mit den Enkeln nicht mehr an der Familienfeier teilnahmen, weil sie irgendwo im Engadin auf den Ski herumbretterten, selbst als Max alleine in der Küche auf den grossen

Moment wartete, bimmelte Martha mit dem feinen Glöckchen. Und rief: «Das Christkind ist da gewesen!»
DIESES JAHR ALSO NICHTS.

An jenem Tag, als eine Polizeibeamtin vor der Türe stand und erklärte, ihr Mann habe einen Unfall gehabt, da war sie ziemlich gefasst gewesen. Wenn man die 70 überschritten hatte, war der Tod kein Unbekannter mehr. Man erwartete ihn auch in den eigenen Reihen.
Was Martha nicht erwartete, war die Frau, die sechs Wochen nach der Beerdigung vor der Türe stand.
«Ja bitte?»
«Ich bin Eva.»
«Eva?»
«Ich war 17 Jahre lang die Freundin von Max ...»
Sie bat die Frau wortlos herein. Musterte sie: sicher 20 Jahre jünger ... etwas übergewichtig ... aber Max war schon immer auf Mollige abgefahren.
«Und?»
Eva zuckte die Schultern. Dann begann sie zu weinen. Sie zupfte ein Papiertaschentuch aus dem Ärmel: «Entschuldigen Sie bitte ... aber ich muss einfach über ihn reden ... alles war immer nur im Versteckten ... alles heimlich ... alles eine gelebte Lüge ... wissen Sie, wie man sich als Teil dieser Lüge fühlt?»
Martha wollte es nicht wissen. Ihre Gedanken explodierten wie ein chinesisches Feuerwerk im Kopf. Und diese Eva plapperte einfach weiter: «Wir haben uns im Tram kennengelernt ... er sah so gut aus ... und ich hatte schon immer ein Faible für ältere Männer ... dann hat er mich heimbegleitet ... und ich habe ihm ein Rindsfilet gebraten ...»

Zum ersten Mal sprach Martha: «Rindsfilet?! Er mochte kein Rindsfilet ...»

Wieder Geschluchze. Und: «... ach der Gute. Am Heiligen Abend, wenn eure Familienfeier vorbei war, kam er zu meinem Weihnachtsbaum. Er wollte mit dem Glöckchen in die Stube gebimmelt werden und ...»

«Ich muss leider meinen Enkel abholen ...», unterbrach Martha nun ruhig. Und öffnete die Türe.

Deshalb also wollte er sich nach ihrer Feier immer die Füsse vertreten!

Martha dachte mit aufsteigender Wut daran, wie sie stets alleine das Geschenkpapier zusammengeräumt und die Kerzen gelöscht hatte.

Am Heiligen Abend schmückte sie nun den Baum wie alle Jahre zuvor. Sie hatte sogar aus lauter Gewohnheit die Stubentüre versperrt. Im Esszimmer war der Tisch gedeckt. Festlich. Für zwei Personen – wie immer.

Als sie die Gläser an den Platz von Max stellte, knurrte sie: «Du Schwein!»

Dann lauter: «DU DRECKIGES SCHWEIN!» Schliesslich brüllte sie: «UND DANN IMMER DIESES VERDAMMTE SCHÜFELI – HOFFENTLICH SCHMORST DU IN DER HÖLLE!»

Von der Nachbarswohnung hörte man das Oh-du-fröhliche-Blockflötenspiel der Kinder.

Martha zündete die Kerzen an den Ästen an.

Dann läutete sie mit dem kleinen Silberglöckchen: «Das Christkind ist da gewesen!»

Unter dem Türrahmen erschien Eva. Ihre Augen funkelten: «Der Baum ist wunderschön, Martha ...»

Martha nickte zufrieden: «Ja. Finde ich auch – essen wir das Filet vor oder nach der Bescherung?»

Von der Suche nach dem Jesuskind ...

Ginetta wollte ein Jesuskind.

Ginetta kam als junge Frau in unseren Männer-Haushalt.

Sie knetete die beste Pasta. Und sie bügelte die Hemden, als gälte es, in ihnen «Tosca» zu dirigieren.

Kurz: Ginetta war die perfekte Haushälterin.

Sie blieb, bis ihre Hände zu zittern begannen. Und die Zeit ihren Rücken wie einen schlecht eingeschlagenen Nagel krümmte.

Aber stets im Advent bringt uns Ginetta ihre hausgekneteten Nudeln, die feiner sind als Engelshaar. Und diesen flockig-luftigen Kuchen, den sie aus stundenlang geschlagenen Eiern, Zucker und einem Hauch von geriebenen Mandeln komponiert.

Diesmal bringt sie auch den Befehl: «Ein Jesuskind!» Dazu verärgert: «In diesem Heidenland führen sie so etwas nicht in den Regalen – nur Barbie-Puppen und herumschiessende Plastikkrieger!»

Es scheint, dass Ginettas Pipa, eine kläffende Nervensäge unbekannter Herkunft, den Krippenjesus verschluckt oder zumindest irgendwo vergraben hat. Jedenfalls ist ER in ruhender Kleinform nicht mehr auffindbar. Und deshalb: «Du gehst nächste Woche eh nach Rom. Also bring mir den Weltenherrscher. Aber nur mit Lichterkranz! Ohne Lichterkranz könnte es auch der junge Herr Meier sein ...»

Da machten wir uns also auf die Suche nach dem kleinen Herrn und wurden gar arg gebeutelt.

Es ist nämlich so: Zwar hausen wir in Rom in einer Strasse, die den Namen des Jesuskindes trägt. Und da sind auch in den Nebengassen viele grosse Geschäfte, die allerlei Frohes für den Klerus ausstellen: funkelnde Kardinalsringe in schwerem Gold, üppige Papstkronen und auch schon mal ein etwas gewagterer, schwarzer Priesterrock, den man von oben bis ganz unten mit 64 Stoffkügelchen zuknöpfen muss.

Die Herren Kleriker aus aller Welt stehen mit verträumten Blicken vor diesen Schaufenstern wie die Label-Tanten vor den Vuitton-Auslagen. Sie diskutieren über Schnitt und Stoff. Und dann kaufen sie sich so einen Fummel, um daheim in Uganda oder Bad Ischl den Gottesdienst froh aufzumischen.

Ich also rein ins Heiligtum: «Herrschaften – ich brauche einen Jesus. ABER MIT HEILIGENSCHEIN. Und nicht grösser als der Daumen meiner linken Hand ...»

Man schickt mich in die Abteilung «Requisiten». Doch da sind lediglich Opferstöcke mit Kunststoffkerzen, die beim Einwerfen eines Euros zu blinken anfangen (für einen lustigen Moment lang überlege ich mir, ob ich Innocent mit dieser schönen Weihnachtsgabe grün ärgern könnte – MAN STELLE SICH VOR: DER OPFERSTOCK NEBEN SEINEM KASSENSCHRANK!).

Natürlich gibt es die Sterbesakramente in eleganten Lederköfferchen – ganz klar, dass auch Josef, gebeugt über dem Hirtenstab, auf seinen Käufer wartet. Doch Maria herrscht überall vor – FRAUENPOWER AUCH IM KLERIKALEN BEREICH.

Wieder meine Frage nach dem «Bambino Gesù».

Einer der Händler bequemt sich, nun in den Keller zu steigen. Es scheint, dass man IHN dort lagert. Doch der Jesus, den er mir aus Holzwolle und Packpapier schält, hat die Grösse eines ausgewachsenen Pudels und dürfte das Stübchen von Ginetta gut zur Hälfte ausfüllen. Deshalb: «Haben sie ihn nicht kleiner? Es ist für eine Familienkrippe!»

Tadelnder Blick des Personals: «So etwas führen wir nicht. Nur alles im Grossen!»

Ich habe es daraufhin auf dem Sonntagsmarkt von Porta Portese versucht. Es gab den Kleinen antik aus den 60ern im Stroh. Aber man musste gleich die ganze Herde nehmen – mit den Halleluja-Engeln, der Eierfrau und dem ganzen Gesummse.

Das dann doch nicht.

Also schickte mich der Händler nach Neapel in die Krippenstrasse: «Dort ist das ganze Jahr Weihnachten – und dort dürften Sie sicher fündig werden!»

FÜNDIG?

Ich fand Herrn Berlusconi, wie er in Ton geformt in der Hölle siedet. Ich fand auch Sophia Loren gipsgeformt die Hände zum Himmel streckend und – natürlich! – Hunderte von wohlgenährten Priestern, denen man mit einer Trick-Druck-Mechanik eine Errektion hervorzaubern konnte.

NA DANN: FROHES FEST!

Schon schüttelte ich verzweifelt den Kopf: «Ja Himmel – wo bist DU hingekommen?» – als ER mich an ein Ständchen mit einem bunten Taschenlampen-Lesebrillen-Nagelscheren-Angebot führte. Da gabs auch kaum fingergrosse Hartplastikpüppchen im Angebot. Sie nannten die Kunststoff-Babys «Marie-Lou». Und hatten sie mit «Made in China» abgestempelt. Stückpreis: zwei Euro. Das kann man schlucken!

Ich habe den günstigen Kauf mit etwas Goldfolie heiligenscheinmässig aufgerüscht, die Augen mit einem

Eyeliner vergrössert und alles in Lametta gelegt. So wurde Marie-Lou IHM doch noch ähnlich.

Zu Hause schaute sich Ginetta die kleine Puppe im «Goldfinger»-Outfit an. Bekreuzigte sich. Und meinte, sie habe ihren lieben Pipa-Hund umsonst verdächtigt. Der Krippen-Jesus sei nicht gefressen worden, sondern unter den Glasbaumvögeln hervorgekommen. Und: «DANKE TROTZDEM!»

So ist die Krippenwelt für Ginetta wieder in Ordnung.

Wir aber nutzen hier die Gelegenheit, die guten Menschen darauf aufmerksam zu machen, dass ER im Windelalter Mangelware geworden ist. Marie-Lou aus China ist kein wirklich passender Ersatz. DESHALB: TRAGT SORGE ZUM JESUSKIND.

Kleiner Nachtrag: Ich habe die verglimmerte Marie-Lou dann Innocent zum Namenstag geschenkt. Er zeigte sich ziemlich ungehalten: «Du gibst dein Geld wirklich nur für unmöglichen Mist aus … und dies lediglich, um mir auf die Eier zu gehen!»

Ich hätte den blinkenden Opferstock doch nehmen sollen …

Die Tasche

Hildi drückte nochmals auf den Espressoknopf. Dann balancierte sie das kleine Tässchen zum Frühstückstisch: «... und es ist dir wirklich ernst damit, Hans? Keine Geschenke ...?»

Er liess die Zeitung sinken – leicht gereizt, wie Hildi schien: «Haben wir das nicht schon hundert Mal durchgekaut? In unserm Alter braucht man nichts mehr. Schon gar keine Geschenke. Die ganze Familie hat beschlossen, das Geld der ‹Arme Seelen›-Stiftung in ein Drittweltland zu spenden ... dort werden die Leute ausgenutzt. Wir profitieren davon. Und ...»

Hildi schaute schuldbewusst auf den Espresso. Bestimmt waren hier auch schlechtbezahlte Drittwelthände im Spiel.

«... das gilt natürlich nicht für die Kleinen!», hörte sie Hans dozieren. «Weihnachten ohne Geschenke ist kein Fest für Kinder!»

Hildi wäre gerne noch ein Kind gewesen.

Vor zwei Wochen hatte sie Hans bei einem Stadtbummel auf diesen wunderbaren Lederbeutel mit den berühmten, eingedruckten Label-Buchstaben aufmerksam gemacht.

Er hatte sie entsetzt angeschaut: «Hildi – du bist doch keine Label-Zicke! Nur schon der Buchstabe V kostet drei Viertel der Tasche. Ich kaufe dir gerne einen schönen Ledersack. Aber ich gebe keinen Rappen für diesen dummen Modefurz aus, nur weil ein V draufsteht und ...»

Drei Tage später hatte sich die Familie für ein «Geschenk-Verbot unter dem Baum» entschieden. Und Hildi erschien die geheimnisvolle Adventszeit erstmals grau und neblig statt märchenhaft und froh.

Hans hatte den Einzahlungsschein und ein Stiftungsformular vor dem Adventskranz aufgestellt. Doch auch die traurige, schwarze Frau auf dem Bild konnte Hildi nicht heiterer stimmen.

Es war ein ungewohnter Anblick, der sich dann in der Weihnachtsstube ihrer Schwiegertochter bot. Wo sonst die Päckchen bis zur Stubentüre lagen und alles fieberhaft überlegte: Wer bekommt wohl das Riesenpaket? Wo sonst also die Spannung vibrierte, herrschte jetzt nüchterne Kargheit. Selbst der Blockflötenton der Jüngsten klang nicht so voll wie sonst.

Mit gespielter Fröhlichkeit verteilte die Schwiegertochter die Geschenke an die Kinder – und die Alten stierten verlegen in die Äste, weil nichts Verpacktes zu ihren Füssen lag, das ihre Aufmerksamkeit fesseln konnte.

Hans hüstelte dann leise. Und schob Hildi ein Päckchen zu: «So ganz ohne dann doch nicht …»

In einer Weihnachtsgeschichte wäre es der Sack mit dem V gewesen. Aber das Leben ist nun mal keine Weihnachtsfeier.

Hildi erkannte den Kleber über der Kunststoffschleife sofort. Sie bekam von Hans zu jedem Fest dieses Päckchen mit dem goldenen Werbekleber der Innenstadt-Parfümerie. Das war nun das siebte Chanel N° 5, das sie ungeöffnet in ihren Toilettenkasten stecken würde. Der Duft war ihr zu süss.

«Danke», sagte Hildi. Und tätschelte die Hand ihres Mannes. Dann schob auch sie ihm ein Päckchen zu: eine Dreiergarnitur Jockey-Unterhosen. Weiss.

Nach Weihnachten versicherten die einzelnen Familienmitglieder einander am Telefon etwas zu oft, wie herrlich das Fest gewesen sei – vor allem die Idee, einander nichts zu schenken. Das werde man im nächsten Jahr wieder so machen und …

Am 3. Januar hat Hildi dann einige ihrer fast wertlos gewordenen Aktien verhökert. Und sich die Label-Tasche selber gekauft.

«Soll ichs als Geschenk verpacken?», erkundigte sich die Verkäuferin beflissen.

Hildi lächelte: «Danke – wir machen keine Geschenke …»

Patchwork-Weihnacht

Hanna mochte Weihnachten nicht.

Das Fest erinnerte sie daran, dass sie alleine war. Nie fühlte sich das Alleinsein so bleischwer an wie während dieser Tage, in denen die Nachbarn Weihnachtsbäume heimschleppten. Und an den Haustüren Adventskränze hingen.

Hannas Freundinnen feierten bei ihren Familien. Grosskinder. Blockflötenzauber unter der Tanne. Fondue Chinoise. Das ganze Gefühlsprogramm eben.

Hanna redete sich ein, dass sie dies alles nicht haben müsse. Sie versicherte den beiden Frauen: «Ich will nur meinen Frieden ...»

Vreni seufzte: «Vielleicht solltest du mit Cécile einfach einmal ...» Weiter kam sie nicht.

Hanna schickte ihr einen Blick. Und die Freundin schwieg. Das Thema «Tochter» war seit Monaten tabu.

Hanna hatte Céciles eigenwilligen Lebensstil immer verurteilt: zuerst das brotlose Studium der Kunstgeschichte. Dann ein Kind im Alleingang. Und dieser Kindsvater spazierte einfach im Haus ein und aus – so etwas war grotesk. Unnatürlich. Und nicht nach Hannas Regeln.

Als Cécile sich einen andern Mann anlachte, schwieg Hanna noch immer. Aber sie dampfte wie die Milch auf dem Siedepunkt.

Mittlerweile lebte ihre Tochter mit vier Kindern: eine Eigensorte. Und drei Zugezogenen vom Neuen. Manchmal waren es gar sechs, wenn Céciles Ex (mit dem es irgendwie doch nicht ganz «exitus» war) auch noch die beiden Buben seiner neuen Lebensgefährtin mitbrachte.

Das Ganze ähnelte einem wilden Kindergarten. Und Cécile war die Kita-Tante. DAFÜR HATTE HANNA IHRE TOCHTER NICHT STUDIEREN LASSEN!

Zum grossen Bruch kam es dann, als Hanna erneut schwanger wurde. Cécile bekam noch immer Herzrasen, wenn sie an jenes Gespräch am letzten Weihnachtsfest zurückdachte.

«UND WER IST DER VATER?»

Cécile hatte nur gelacht: «Ach, Ma – du hast einfach veraltete Vorstellungen. Wir leben in einer Patchwork-Familie. Da gibt es viele Väter. Viele Mütter. Viele Kinder.» Sie lachte wieder: «Und viel, viel Freude ...»

Das war der Moment, wo die Milch überkochte. Und Hanna brüllte: «Aber das ist einfach nicht richtig. Kinder brauchen einen Vater. E i n e n!»

Cécile versuchte es auf lustig: «Jesus hatte auch zwei ...»

Hanna wurde bleich. Sie verliess wortlos das Haus mit dem wilden Kindergeschrei.

Künftig herrschte Stummfilm zwischen Tochter und Mutter.

Vor drei Monaten hatte Cécile ein Kärtchen geschickt: Hanna sei Grossmutter eines kleinen «Kevin» geworden.

Hanna schickte keine Antwort zurück.

Im Fernsehen brachten sie zum 20. Mal «Der kleine Lord». Hanna kannte jeden Satz. Sie hatte eine Flasche Wein geöffnet – etwas, das sie sich sonst nur bei Grippezustand genehmigte.

Es schien, dass Familie Bitterli bereits «Oh du fröhliche» sang. Dabei war es erst knapp nach sechs Uhr.

Hanna atmete schwer. Eine Träne kullerte über ihre Wange. Und dann merkte sie, dass die Stimmen von der Strasse kamen.

Sie ging zum Fenster. Auf dem Trottoir stand ein Grüppchen Kinder. Und schaute zu ihrem Fenster: «Freuuuet euuuch … freuuuet euuuch …», schmetterten die Stimmchen. Und dann sah Hanna, wie Cécile ihr lachend zuwinkte. Sie trug ein Kind im Arm. Und rief nach oben: «Wenn der Esel nicht zum Berg kommt, muss der Berg zum Esel kommen …»

UNVERSCHÄMTHEIT!

Hanna knallte das Fenster zu.

Drei Minuten später lag sie Cécile heulend in den Armen.

Beim Nachtessen in der Grossfamilie – Fondue Chinoise! – hielt die Grossmutter Kevin auf dem Schoss. Der Kleine strahlte sie an.

«Er hat braune Augen», dachte Hanna. Und linste dann unauffällig in der grossen Runde herum: Welcher von all diesen Männern hier hatte braune Augen?

Der rote Stoffnikolaus ...

Der alte Mann stand vor dem Hirschgehege. Er weinte.

Sina hatte in ihrem jungen Kinderleben schon viele Menschen weinen gesehen. Sie ging auf den Alten zu. Und nahm seine Hand.

Ernst schaute erschrocken auf. Wischte sich etwas geniert die Tränen weg: «Hallo, kleines Mädchen ...»

Dann brach seine Stimme. Tränen liefen erneut über seine Wangen. Er musste an Elise, seine Enkeltochter, denken. Sie kam bei einem Autounglück ums Leben. In einer Sekunde war das ganze Glück von Ernst zerstört – Tochter, Schwiegersohn, Elise: alle tot.

Man hatte ihn herbeialarmiert.

Eine Polizistin hatte ihn stumm bei der Hand genommen – wie jetzt das kleine Mädchen hier. Sie hatte ihm den kleinen Stoffnikolaus, den er Elise vor zwei Jahren an einem 6. Dezember geschenkt hatte, in die Finger gedrückt – ein Filzmännchen. Rot. Mit einem weissen Wollbart.

Elise hatte ihn immer bei sich getragen: «Er bringt mir Glück», hatte sie ihrem Grossvater zugelacht.

«Der Stoffnikolaus war in den Händen des Kindes», sagte die Polizistin.

Der Alte gab sich nun einen Ruck: «Kommst du wegen der Hirsche in die Langen Erlen?»

Keine Antwort.

«Es ist spät. Wissen deine Eltern, wo du bist?»

Keine Antwort.

Nur das Lächeln des Mädchens.

Die kleine Sina war aus dem Heim, in dem sie mit ihrer Mutter nun viereinhalb Jahre lebte, weggelaufen.

Immer wenn sie traurig war, ging sie in den nahen Wald mit dem Bach und den vielen Hirschen in den Gehegen. Sie redete mit dem Fluss, redete mit den Tieren: «Mutter hat geweint ... weshalb weinen so viele Menschen in dieser Zeit, die sie hier fröhlich nennen?»

Der Bach murmelte eine Antwort. Aber das Mädchen verstand ihn nicht.

«Ich bin Sina», sagte es endlich zum alten Mann mit dem weissen Bart. «Ich bin aus Syrien ...»

Sina war mit ihrer Mutter geflüchtet. Ihr Vater war auch auf dem Schiff gewesen. Zwei Wochen war das Boot auf dem Meer hin und her getrieben. Ihr Vater wurde krank. Bekam Fieber, hohes Fieber ... plötzlich war er nicht mehr neben ihr auf dem Holzsitz. Auch damals hatte ihre Mutter geweint. Und Sina hatte nicht gewagt, Fragen zu stellen.

Sie fuhren dann tagelang in einem Lastwagen. Und kamen endlich in diese Stadt mit dem grossen Fluss und den Menschen, die kaum Notiz von ihnen nahmen.

Es schien, dass hier alle mit ihren eigenen Sorgen genug zu tun hatten.

Das Heim, in dem man sie unterbrachte, war voll von Leuten. Es war ein hektisches Hin und Her. Maryam, Sinas Mutter, aber besuchte eine Schule. Lernte die Sprache des Landes. Und unterrichtete ihre Tochter auf dem schmalen Bett im grossen Schlafsaal.

Manchmal fragte Sina, wann sie zurückgehen würden. «Es gibt kein Zurück», hatte die Stimme von Maryam traurig geklungen, «wir warten darauf, dass sie uns hier bleiben lassen ...»

Sina kam mit anderen Kindern zusammen. Eine Frau erzählte ihnen von der Stadt, in der sie nun lebten. Sie lernte, die Dezemberlichter zu lieben. Überhaupt diese Zeit, die sie hier Weihnachten nannten.

«Sina ... Siinaaa!» Eine Frauenstimme ertönte in der kalten Nacht. Maryam kam herbeigerannt. Sie nahm ihre Tochter in die Arme: «Gottlob bist du da ... ich habe dich überall gesucht ...»

Da erst sah sie den alten Mann: «Ich bin Maryam. Wir müssen sofort weg. Man will uns in drei Tagen ausschaffen ... das wäre mein Tod!»

Ernst kapierte gar nichts. Aber er fühlte, dass diese Frau Hilfe brauchte.

«Jetzt gehen wir zuerst einmal zu mir ...», brummte er. «Es wird sich alles geben ...»

Eine Sunde später sassen die drei in einer gemütlichen Stube. Maryam wärmte ihre eisigen Finger an der dampfenden Teetasse. Und erzählte: «Ich habe den falschen Mann geliebt ... die Familie hat mich unserm Nachbarn versprochen. Er war reich. Aber ich hatte keine Achtung für ihn. Da lernte ich Arim kennen. Wir waren beide so glücklich. Aber auch er war jemand anderem versprochen. Eine Zeit lang haben wir uns bei Freunden versteckt. Sina kam auf die Welt. Dann wurden wir verraten. Und mussten fliehen. Sie hätten uns umgebracht ...»

Die Frau sprach nun ganz leise. «Mein Mann starb auf dem Flüchtlingsboot – viele sind gestorben. Ich war nun ganz alleine mit Sina. So kamen wir in die Schweiz. Die Menschen hier sind gut zu uns gewesen. Die Stadt ist zu unserer zweiten Heimat geworden. Aber jetzt müssen wir fliehen, bevor sie uns zurückbringen können ...»

Maryam schaute Ernst mit ihren traurigen Augen an: «Es wäre unser Tod. Das können die Menschen hier nicht verstehen ... das Leben dort ist anders. Einfach anders!»

Wochen später konnte Ernst sich noch immer nicht erklären, wo er die Kraft und den Mut hernahm, so schnell zu handeln. Zwei Stunden später fuhr er in seinem schweren Volvo über die französische Grenze: «Hier sind meistens keine Zöllner ... sie machen nur fliegende Kontrolle ... wenn uns jemand anhält, redet ihr kein Wort ...»

Ernst gab den kleinen Stoffnikolaus Maryam. «Drücke ihn fest an dich ... vielleicht bringt er uns dieses Mal Glück.»

Sie fuhren an funkelnden Weihnachtsbäumen vorbei. Niemand hielt sie an. Sina schlief bald einmal ein. Maryam sass neben Ernst – ihre Finger streichelen gedankenverloren den Wollbart des kleinen roten Stoffmännchens.

Sie drehte sich zum weissbärtigen Mann neben sich: «Sie sehen aus wie ihr Stoffnikolaus ...» Sie lächelte Ernst zu. Und es war ihr erstes Lächeln seit Tagen.

Es wurde hell, als sie in dieser riesigen Stadt einfuhren. Ein gigantischer Eisenturm empfing sie mit Funkellichtern, die in das erwachende Grau des Morgens blitzten.

«Der Eiffelturm», erklärte Ernst, «hier in Paris habe ich einen Freund, der ein altes Hotel mit Restaurant führt. Zu ihm möchte ich euch bringen ...»

Monsieur Claude hatte einen ähnlichen Bart wie Ernst. Allerdings funkelten die Augen des betagten Franzosen fröhlicher.

Claude umarmte seinen Freund: «Dass du mich noch einmal besuchst, mon vieux ... ich bin wirklich glücklich. Das ist mein schönstes Weihnachtsgeschenk. Und du hast auch gleich noch eine Familie mitgebracht ...?»

Ernst lächelte: «So etwas wie meine neue Familie, ja … Claude, ich habe eine grosse Bitte an dich …»

20 Jahre später schmückte Maryam mit ihrer Enkeltochter den riesigen Baum in der Eingangshalle des «Hotel Claude».

«Grandmère … erzähle mir die Geschichte, wie du und Maman hierhergekommen seid …», quengelte die kleine Lucie bei ihrer Grossmutter. Diese hatte eben die letzte Lichtergirlande auf den Ästen verteilt. Und streichelte dem Kind über das schwarze Haar: «Ich habe dir die Geschichte doch schon tausend Mal erzählt … angefangen hat alles in dieser Stadt, wo uns der alte Mann mit dem Bart über die Grenze fuhr!»

«Das war in Basel. Und der Mann war Ernst», jubelte Lucie. «Als wir ihn letztes Jahr besuchten, hat er mir einen Weihnachtsbaumvogel geschenkt!»

«Ja», sagte Maryam leise.

«Wann besuchen wir ihn wieder?»

Maryam drückte das Kind an sich: «Weisst du, er ist jetzt bei seiner Familie … dort hat er es wunderbar. So wie ich es mit euch wunderbar habe …»

Sina kam hereingestürmt. «Ja gehts noch … das Restaurant ist total überbucht. Das Hotel ebenso. Vorweihnachtsrummel. Und ihr schmust da einfach gemütlich herum! Ab in die Küche, Maman!»

Lucie drückte ihre Grossmutter noch einmal an sich: «… und als Monsieur Claude gestorben ist, hat er dich zur Erbin gemacht, weil du so gut kochen kannst und …»

Maryam lachte: «Nun ja – ganz so einfach war es auch wieder nicht … aber irgendwie war da nach einer langen Zeit von Trauer und Elend plötzlich ein winziges Licht.

Gezündet hat dieser Funken Hoffnung zur Weihnachtszeit in Basel. Und mit Ernst, der immer ein bisschen wie der Nikolaus ausgesehen hat.»

Maryam lächelte ihrer Tochter zu: «Ich komme gleich ...»

In der Ecke des Salons war eine kleine Nische. Die Frau zündete hier nun eine grosse, rote Kerze an. In der Nische funkelten zwei silberne Fotorahmen. Einer zeigte das Bild von Ernst, wie er die kleine Lucie auf den Armen trägt. Die andere Aufnahme zeigte Basel als Weihnachtsstadt.

Maryam küsste beide Fotos. Dann zupfte sie den roten, etwas verfilzten Stoffnikolaus zwischen den beiden Fotos zurecht. Sie streichelte ihm über den Wollbart. Und flüsterte: «Danke!»

«Maman – kommst du endlich?», holte sie die Stimme von Sina in den Vorweihnachtsrummel zurück ...

Noch einmal betrachtete sie schweigend die Bilder in den beiden Rahmen.

«Ich komme», rief sie.

Nikolaus am Telefon

«Ich bin der Nikolaus», keuchte die dunkle Stimme am andern Hörerende.

«... und ich die Königin Mutter!» Lenchen knallte den Hörer auf die Gabel.

Einfach unglaublich, was heute alles am Telefon abging.

Vor einer Woche hatte sich eine feine Frauenstimme als ihre thailändische Nichte «Kairi» ausgegeben. Sie wolle endlich «liebes Tanti in Switzländ» kennenlernen.

Alle drei Stunden versuchte jemand ihr Telefonabonnement zu erneuern.

Und vor zwei Tagen waren bei ihrer Freundin Klärchen tatsächlich acht Kisten Champagner angekommen, welche dieses dumme Huhn sich von einem Schnorrer hatte aufschwatzen lassen. Das Schönste: KLÄRCHEN WAR VIZEPRÄSIDENTIN IM BLAUEN KREUZ! Sie trank keinen Tropfen Alkohol.

Es schellte erneut: «Hier ist nochmals der Nikolaus – ich hoffe, dass du ein anständiges Mädchen warst. Morgen klopfen wir an deine Türe ...»

«SAUHUND!» Helenes Schlagader war jetzt so dick wie der Hals eines Kampfhunds.

Der Anruf liess ihr keine Ruhe. Sie wählte die Nummer von Klara.

Es meldete sich: «Psychiatrie, Pforte 4.»

«Entschuldigung ...», stammelte Lenchen, «... dann bin ich falsch ...»

Sie wollte eben aufhängen. Da gackerte Klaras Stimme. «Ach du bist es. Alles klar. Ich melde mich jetzt immer unter andern Vorzeichen. Die Welt ist schlecht – ich sage nur: acht Kisten unbestellter Champagner!»

«Ich muss mit dir reden ...», flüsterte Lenchen in die Muschel.

«WAS ISS?!»

«NICHT AM TELEFON ...», brüllte Helene.

Sie knabberten am Küchentisch Salzstangen. Und Klara beschwor ihre Freundin: «Du musst Bernhard Bescheid sagen. Er ist dein Neffe. Und er weiss immer, was zu tun ist ...»

«Er ist eine alte Tante», knurrte Lenchen. «... und Jungs wie Bernhard sind keine richtigen Männer. Die machen sich doch in die Hose, wenns drauf ankommt ...»

Sie lächelte. Und schaute auf das Foto neben dem Telefon.

Es zeigte einen jungen Mann, der die Arme um die Schultern eines älteren Herrn gelegt hat: «Sie waren so ein nettes Paar», seufzte Helene. «Aber jetzt hat Bernhard einen Neuen ... er wollte ihn mir schon lange vorstellen ...»

«Vielleicht war das mit dem Nikolausbesuch nur ein dummer Scherz ...», ging Klara ihren Gedanken nach.

«BLÖDSINN – DAS IST EIN TRICK!», regte sich nun Helene auf. «Bei ‹Tatort› kannst du sehen, wie sich solche Verbrecher Strümpfe über die Köpfe ziehen. Und wehrlose Mütterchen zu Brei schlagen ...»

Klara seufzte: «... die Welt ist schlecht.»

Lenchen nickte: «Ein wahres Wort – wie gesagt. Ich lenke sie ab. Du schlägst mit der Eisenpfanne zu: DONG!»

Es klingelte. Den beiden Frauen klopfte das Herz bis zum Hals. «Also dann ...», sagte Klara. Und griff zur Eisenpfanne.

Sie trugen keine Strümpfe. Sondern Klausenbärte.
Und sie gaben sich sehr jovial: «Hohoho ... liebe Frau ... hohoho!»

«Kommt doch rein ...», sülzte Lenchen.

«JAJAJAAAA ...», dröhnten die beiden Kläuse.

Daraufhin machte es zwei Mal DONG.

Die lustigen Herrschaften sanken zu Boden. «Gut gemacht, Klara!», jubelte Lenchen.

Sie rief sofort 117 an – pfiff die Polente aber abrupt zurück, als sie den verrutschten Bart des einen Nikolaus sah. «JETZT LECK MICH ABER DER WINDBEUTEL!», rief sie. «WENN DAS NICHT DER BERNHARD IST!»

Vier Stunden später sassen die Herren mit Eisbeuteln auf dem Haar am Tisch: «Ich wollte dir Franz als Klausen-Überraschung vorstellen ...», jammerte Bernhard.

«So ein Kuddelmuddel!», lachte Klärchen laut.

Da horchte Franz auf. «Aber hallo ... Ihre Stimme kenne ich doch ... haben Sie bei mir nicht kürzlich acht Harassen Champagner bestellt?»

Fast wäre es noch ein drittes DONG geworden.

Der silberne Stern

Nagamo hielt ihre Kinder fest in den Armen.

Vor vier Stunden hatte das alte Schiff an der nordafrikanischen Küste abgelegt. Drei Wochen lang war sie mit Amur und Sagal auf der Flucht. Ihr Mann hatte man im Bürgerkrieg von Somalia erbarmungslos vor ihren Augen erschossen.

Nagamo verkaufte allen ihren Schmuck – ausser das Amulett mit dem silbernen Stern, das sie von ihrer Mutter zur Hochzeit geschenkt bekam.

«Ob Allah, Buddha oder der Gott der Christen – jemand wird in schlimmen Zeiten immer über die Familie wachen. Der Stern ist das Gute ...», hatte die alte Barni zu ihr gesagt.

Mit dem Schmuckgeld hatte Nagamo sich die Flucht aus Somalia erkauft. Ihr Schwager Geedi lebte schon seit einigen Jahren auf dieser anderen Seite der Erde, wo es den Menschen besser ging. Manchmal hatte er Nagamo Geld geschickt – und seine Adresse in dieser kleinen Stadt, in der er lebte, war ihr Glaube auf eine gute Zukunft.

Nun hatte sie keine Hoffnung mehr. Das Schiff schaukelte wie eine Nussschale im plötzlich aufgezogenen Sturm. Das Wasser krachte über Bord. In Sekundenschnelle füllte es das Boot. Die rund 300 Leute gerieten in Panik – sie schrien, schlugen in blinder Angst um sich.

Nagamo zog die dünne Kette mit dem silbernen Stern über den Kopf ihres Sohnes: «Amur – pass gut auf Sagal auf. Der Stern wacht immer über euch, so wie ich stets über euch wachen werde – selbst wenn ich nicht mehr bei euch bin ...»

Ein Knall liess das Schiff auseinanderbrechen. Amur riss Sagal mit sich – er klammerte sich an ein grosses Stück vom Schiffsboden, das in den Wellen auftanzte.

Eine Stunde später zog die Hafenpolizei von Lampedusa die beiden Kinder an Bord.

Nagamo aber war im Schwarz des Meeres verschwunden.

Es war der 24. Dezember. Mittag. Von den Radiostationen düdelten Weihnachtsmelodien. In der Stadt herrschte ein Hin und Her wie in einem Bienenhaus. Die «Jingle Bells»-Glöckchen schrien sich die Batterien aus dem Leib. Und im grossen Zimmer von Hermine Landolt hatte das Personal Plastiktannenästchen und Stanniolsternengirlanden aufgehängt.

Hermine schaute ihre Freundin bitter an: «Du weisst gar nicht, wie mir das in diesem Altersheim stinkt, Agi. Ok. Sie sagen dem heute zwar vornehm Seniorenresidenz. Aber alt ist alt. Und Heim bleibt Heim. Eigentlich ist es nichts anderes als ein Ort mit geschminkten Mumien, die auf den Rollator gestützt durch den Speisesaal schwanken, um ihren Pudding reinzuziehen. Härteres verkraften ihre Drittbeisser eh nicht mehr ...»

«HERMINE!» Agi protestierte empört. Und auch etwas schuldbewusst. S i e war es gewesen, die ihre Freundin zum Eintritt ins Alten-Hotel überredet hatte. Entsprechend tätschelte sie ihr jetzt begütigend die Hand: «... sei doch froh. Alles wird für dich erledigt. Toilette und Dusche gleich neben dem Bett. Also wirklich – du solltest etwas dankbarer sein!»

«Dankbar!?», knurrte Hermine, «dankbar bin ich nur für meinen weisen Entschluss, meine Wohnung behalten und das Haus nicht verkauft zu haben ...»

Klar, es war Hermine immer schwerer gefallen, mitten in der Nacht aufzustehen und die sechs Stufen zum Zwischenstock im Hausgang zu meistern. Ihr Haus in Kleinhüningen war nun mal eine alte Bude. Kein Luxus. Entsprechend hatte sie die drei Wohnungen ohne Bad und mit den Toiletten auf dem Zwischenboden auch nur noch an Studenten vermieten können – doch mit der Zeit sind auch die weggeblieben.

«Wir haben uns immer am Wasserhahnen gewaschen», versuchte Hermine die Jungmannschaft zu überzeugen. Doch die wollten Duschen. Und Warmwasser.

«Warmduscher-Generation!», knurrte Hermine.

So blieb die Hütte in Kleinhüningen leer. Bis auf Hermine. Und ihren Kater Josef.

Eines Tages hatte Agi sie hierher in diesen teuren Käfig für graue Panther geschleppt. Hermine hatte murrend unterschrieben. Aber den Häusermakler, der ihr das alte Haus abkaufen wollte, hatte sie zum Teufel geschickt. Und nur das Nötigste in ihr neues Heim gezügelt.

Ein kleiner Trost: Amur und Segal würden zu den Blumen schauen. Und immer am Wochenende sollten die beiden Kinder Hermine nach Kleinhüningen heimbringen – damit sie den Kater streicheln konnte.

«Nicht einmal Josef haben sie mir hier erlaubt», wetterte sie nun wieder an Agi gewandt.

Es klopfte an der Türe. Und die Augen von Hermine leuchteten auf: «Amur ... Sagal! Wie lieb von euch, mich für den Heiligen Abend abzuholen ...!»

Die beiden Kinder stürmten auf Hermine zu: «Josef kann es schon kaum erwarten ... er weiss genau, dass du ihm ein Geschenk mitbringst ... Katzen sind schlau.»

«Gehen wir!», lachte Agi. Und zeigte auf eine Tasche mit verschiedenen Päckchen. «Josef soll schliesslich nicht alleine ein Geschenk bekommen ...»

Geedi wartete in Hermines Wohnung auf die Gesellschaft. Vor einigen Tagen hatte er dem Weihnachtsbaumverkäufer beim Kronenplatz die grösste Tanne abgeschwatzt. Das Ganze sollte eine Überraschung werden.
Natürlich hatte er für die Kinder nie einen Baum gemacht. Als sie vor drei Jahren mit einer Rot-Kreuz-Schwester einfach vor seiner Haustüre gestanden hatten, war dies ein Schock gewesen – dann eine Riesenfreude. Aber auch Trauer um die verlorene Schwägerin mischte sich darunter.
«Wir werden Nagamo auf unsere Suchliste nehmen», hatte die Rot-Kreuz-Angestellte versprochen. Und ein bisschen Trost und Hoffnung zurückgelassen.
Die Kinder hatten sich schnell in Kleinhüningen eingewöhnt. Es gab hier mehrere Migranten aus Somalia, viele Nationen aus Afrika – und alle fühlten sich gut.
Frau Kaller, die Lehrerin, lobte Amur und Sagal bei ihrem Onkel: «Sie sind sehr aufgeweckt ... und blitzgescheit ... sie werden sich schnell eingewöhnen!»
Tatsächlich redeten die Kleinen bereits nach vier Monaten problemlos die Sprache des Rheinknies. Und sie freundeten sich mit all den Leuten an, die hier wohnten. So auch mit der alten Hermine.
Die hatte einen Narren an den Kindern gefressen und lud sie samt ihrem Onkel immer wieder in ihr altes Haus ein.
Als Hermine in die Altersresidenz einzog, waren die Kleinen traurig. Nur die Aufgabe, zu Josef schauen und die Blumen giessen zu dürfen, tröstete sie.

«Wir wollen Hermine eine Weihnachtsüberraschung bereiten ...», hatten sie ihren Onkel während der Adventszeit immer wieder gelöchert. «Sie hat uns erzählt, wie sie früher einen Lichterbaum hatte ... mit Kugeln, Vögeln, Sternen ... er muss wunderschön gewesen sein ... wie aus dem Märchenland ... wir wollen ihr so einen Baum schenken ...»

Der Onkel war nicht begeistert – aber die Kinder fanden in Hermines Freundin eine Verbündete: «Ich finde die Idee grossartig», strahlte Agi. «Ich werde wieder einmal Äänisbröötli und Mailänderli backen. Ganz so wie damals, als wir stets bei Hermine den Heiligen Abend gefeiert haben ... und ich werde Ihnen helfen, den Baum zu schmücken ...» Sie gab Geedi einen sanften Rippenstoss. «Hallo, Onkel – jetzt tun Sie nicht so ... machen Sie den Kindern die Freude!» Ihre Augen blitzten: «... und Hermine auch. Weihnachten ist die Zeit, wo jeder dem andern eine Freude bereiten sollte ...»

Also hatte Geedi den Baum besorgt. Agi brachte einen Ständer aus ihrer Wohnung. Die beiden duzten sich jetzt. Und Agi staunte, wie fachgerecht der schwarze Mann den Stamm zurechtstutzte: «Heee – du bist geschickt, Geedi!»

Er schaute von den Ästen auf: «Ich bin Handwerker, Agi – ich könnte dieses Haus ganz alleine umbauen. Wir unterteilen die Küche. Und Hermine hätte ein Badezimmer und die Toilette ...»

«Geedi!» Agi schaute den Mann lange an: «Geedi – mir kommt da eine Idee ...»

Einige Tage später durften die Kinder beim Schmücken der Tanne helfen. Agi hatte die vielen vergilbten Kartonschachteln von Hermines Estrich geholt. Nun brachen die Kleinen immer wieder in einen Jubelschrei aus: «Schau hier, dieser Glaspapagei, Agi ... die haben wir bei uns lebendig ... und diese verzuckerten Kugeln ... die sind so schön. Die kommen bestimmt aus dem Geisterland ...»

Amur hielt einen Moment den Atem an – dann flüsterte er: «... und diese Sterne hier ... es sind dieselben Sterne, wie ich sie auf Mamas Amulett habe ... denkst du wirklich, sie wacht jetzt über uns?»

Sorgfältig schälte er einen der silbernen Glassterne aus dem Seidenpapier.

Agi hatte Tränen in den Augen: «Ganz bestimmt, Amur, man muss im Leben stets an das Gute glauben ... besonders an Weihnachten, dann gehen Wünsche in Erfüllung!»

Nagamo stieg aus dem verlotterten Auto, das mit Tüchern, Körben und vielen Glasperlenketten beladen war. Der Fahrer, ein bärtiger Mann aus Kenia, schaute sie an: «Wir sind hier in Frankreich. Dort ist die Grenze ... zuerst kommt ein Ort, den sie Allschwil nennen. Dann kommt die grosse Stadt. Die Strasse, die du hier auf diesem Zettel aufgeschrieben hast, ist in Kleinhüningen – einem früheren Fischerdorf. Viel Glück!»

Nagamo schaute ihn an. «Ich danke dir. Glück kann ich brauchen. Und Glück wünsche ich dir auch ...»

Als man Nagamo im Meer aufgefischt hatte, war sie ohnmächtig gewesen. Sie hatten die leblose Frau ins Spital gebracht. Hier lag sie vier Monate. Und konnte sich an nichts erinnern. Menschen kümmerten sich um sie – aber für Nagamo war alles weit weg. Die Stimmen. Die Erinnerungen. Das wirkliche Leben.

Manchmal hörte man sie «Amur» murmeln, dann «Sagal ...».

«Sie kann nicht hier bleiben», sagte eines Tages ein Mann in eleganter Uniform. «Wir können nicht alle behalten ...»

Eine Odyssee begann. Nagamo wurde von einem Land ins nächste abgeschoben. Wenn Polizeibeamte sie etwas fragten, verstand sie diese nicht. Und wenn man jemanden beizog, der Nagamos Sprache beherrschte, wusste sie keine Antwort.

Sie wusste überhaupt nichts mehr.

Schliesslich hatte man Nagamo in ein Lager bei Paris gebracht. Hier sass sie monatelang in einer Ecke. Und stierte ins Weite. Andere Flüchtlingsfrauen versuchten mit ihr zur reden. Aber Nagamo lächelte nur abwesend – bis zu jenem Tag, als sie in ihrem alten Rock einen Zettel fand. Die Schrift war kaum mehr lesbar. Aber plötzlich klärte sich alles in Nagamos Kopf: «Amur ... Sagal ... das Schiff ... sie wollten zu Geedi ...» Sie schrie auf. Und eine der Kenianerinnen kam zu ihr: «Was ist mit dir ...?»

Nagamo atmete schwer: «Ich kann mich erinnern ... ich bin Nagamo ... und ich war mit meinen Kindern auf der Flucht zu Geedi ... ich muss zu dieser Adresse!»

Die schwarze Frau nahm sie rasch zur Seite: «Sei still ... tu so wie immer ... du kannst dich an nichts erinnern ... solange du krank bist, können sie dich nicht zurückschicken ... ich werde meinen Bruder bitten, dir zu helfen ...»

So kam sie in den Lotterwagen, der sie bis zur Grenze brachte.

Nun lief sie am verwaisten Zollhaus vorbei. Lief. Und lief ...

Als die Kinder und Agi Hermine zu ihrem Haus führten, war es bereits dunkel. Da und dort leuchteten Weihnachtsmänner in den Vorgärten – und hinter den beschlagenen Fensterscheiben schimmerten Kerzenlichter.

«Es ist herrlich, wieder daheim zu sein – ihr macht mir das schönste Geschenk zu Weihnachten!» Hermine strahlte ihre drei Begleiter an.

Sie schob den Schlüssel ins Schloss zur Wohnungstüre. Und schaute erstaunt auf: «Hier ist nicht abgesperrt ... es scheint, dass jemand drin ist ...»

«Vermutlich das Christkind», lächelte Agi, «es ist schliesslich Heiliger Abend.»

Da öffnete sich die Türe wie von Zauberhand. Geedi lachte Hermine an: «Frohes Fest!»

Hermine aber stammelte: «Das gibt es nicht ... nein ... und dieser wunderschöne Baum ... das ist wirklich Weihnachten!» Sie starrte die Tanne mit all den glänzenden Kugeln und Sternen an: «... und mein alter Weihnachtsschmuck ... die Vögel ... die Sterne!»

Amur nahm sie zur Seite: «Die Sterne sind wie auf meinem Amulett ... es sind Mamas Sterne ...»

Hermine aber drückte die beiden Kinder an sich: «Das ist das schönste Weihnachtsfest in meinem Leben ... das werde ich euch nie vergessen ...»

Agi nahm ihre Freundin beim Arm: «Das tollste Geschenk kommt noch, Hermine ... schau mal in die Küche ... es ist natürlich noch nichts fertig ... erst alles geplant ...»

Neben dem alten Schüttstein stand tatsächlich eine Duschkabine. Hermine sperrte die Augen weit auf.

Agi grinste: «Das ist m e i n Geschenk. Schliesslich habe ich dir die Sache mit dem Seniorenheim eingebrockt ... Geedi wird dir hier ein Badezimmer samt Toilette bauen. Er ist grossartig ... ein Handwerker, wie man ihn nicht mehr findet ...»

Da heulte Hermine los: «Du meinst, ich kann wieder zurück ... für immer?»

«Klar, und wenn Geedi die ganze Hütte renoviert, können wir alle zusammen wohnen – als kunterbunte WG, was meinst du?»

In diesem Moment schrie Hermine auf: «Josef!» Der Kater hüpfte ihr direkt in den Arm. «Josef, du hast mich wieder ... diesmal für immer.»

Es war eine ausgelassene Gesellschaft, die sich genüsslich Agis Weihnachtsgutzi reinzog und immer wieder die Blicke zum Prachtbaum schweifen liess. Da klingelte es.

«... um diese Zeit? An einem Heiligen Abend?» Hermine humpelte zur Türe. Dort stand Frau Huber vom Eckhaus, in dem Geedi und die Kinder daheim waren: «Entschuldigen Sie, Frau Landolt ... aber diese Frau hier wollte zu Herrn Geedi. Und da ich wusste, dass er bei Ihnen feiert, habe ich sie hierhergebracht ...»

«Ich suche meine Kinder», flüsterte die schwarze Frau hinter der Nachbarin schüchtern. «Und ich suche meinen Schwager Geedi ...»

Hermine konnte kein Wort verstehen – doch da gellte ein Schrei durch die Wohnung. Sagal und Amur lagen weinend in Nagamos Armen.

«Da geht einem ja das Herz auf», schneuzte sich die Nachbarin. «Das ist schon fast ein Weihnachtswunder ...»

Eine Stunde später sass Nagamo mit ihren Kindern am Küchentisch. Sie streichelte immer wieder die Arme der

Kleinen: «Ich bin so glücklich ... und ich bin so dankbar, dass nun doch alles gut geworden ist ...»

«Der Stern hat über uns alle gewacht», nickte Amur. Und zog das Amulett über den Hals: «Nun musst d u ihn wieder tragen, Ma - du bist der Stern der Familie.»

Von der alten Dorfkirche in Kleinhüningen hörte man Glocken. Nagamo schaute ihre Kinder fragend an.

Amur drückte seine Mutter an sich: «Es ist eine grosse Feier, Mama - sie nennen es das Fest der Liebe. Und sie glauben, dass ihr Stern wie vor über 2000 Jahren ein Wunder vollbringen kann ...»

Nagamo lächelte. Und küsste ihre beiden Kinder: «Es wäre schön, wenn alle auf dieser Welt an solche Sterne glauben könnten ...»

Der Gesang der Kühe

Nein. Es war keine weihnächtliche Bilderbuchkulisse.
Keine Tannenäste mit dickem Schneepelz.
Keine Eiszapfen an den Giebeln.
Zwar hatten die Wetterfrösche eine weisse Weihnacht versprochen. Doch nur schmale, eisige Kunstschneeflocken erinnerten daran, dass es in Adelboden eigentlich Winter sein müsste.

Ich wollte nach der Feier ein bisschen frische Luft schnappen. Und stand plötzlich vor dem Bauernhaus, auf dessen Holzbalken «AN GOTTES SEGEN – IST ALLES GELEGEN – 1678» eingebrannt war.
Als Kind war ich öfters hier gewesen.
Köbi, der jüngste Sohn der Bauernfamilie, war mein Freund. Wir trafen uns jeweils im Stall. Köbi flüsterte mir dort Geschichten zu, die ihm seine 17 Kühe erzählt hatten.
Köbi verstand die Sprache der Tiere.
Er schaute jeweils verunsichert, ob ich ihm auch glauben würde. Da ich schon damals geil auf gute Storys war, nickte ich wild: «Ja klar ... ich bin überzeugt, dass du die Tiere verstehst ... was hat der Gockel zum Huhn gekräht?»
Köbi atmete auf: «... zu Hause sagen sie, ich sei ein Spinner, ein Lügner. Ich wolle mich mit meinen Geschichten nur wichtig machen!» Dann erzählte er mir vom Hahn, der seine Henne «eine faule Schlampe» schimpfte.
Immer kurz vor Weihnachten fegte Köbi den Stall auf Hochglanz: «Am Heiligen Abend besucht das Jesuskind alle Ställe. Es fragt die Tiere, ob sie mit ihrem Bauern zufrieden sind. Und wenn sie es sind, singen die Kühe

Weihnachtslieder ... na ja, es ist mehr ein dumpfes Summen. So als ob ein ausgerissener Bienenschwarm vorbeisurren würde ...»

Er machte eine Pause: «Wer das Summen hört, dem geht ein Wunsch in Erfüllung ...»

Ich fand die Geschichte sehr geheimnisvoll.

«Meinst du, es stimmt?», fragte ich später meine Mutter.

Sie schaute mich lange an: «Ist es nicht viel wichtiger, dass es für Köbi stimmt ...?»

Eines Tages musste Köbi ins Frutiger Krankenhaus. Meine Mutter fuhr mich hin. Weiss wie Milch lag er in den Laken.

«Seine Eltern verweigern eine Chemo», sagte die Krankenschwester meiner Mutter klagend. «Sie sind in einer Sekte. Sie wollen alles Gott und der Natur überlassen ...»

Köbi streckte den Arm nach mir aus: «Komm her ... ich weiss, dass ich sterben muss. Aber auf dem Weg dorthin begleiten mich meine Kühe. Ich höre sie singen ... hörst du sie auch?»

«Ja», log ich. Und nickte heftig mit dem Kopf. Dann wendete ich mich abrupt ab – ich schämte mich, weil ich einfach so drauflosheulte.

Drei Wochen später, in der Weihnachtsnacht, ist Köbi gestorben.

An all dies muss ich jetzt denken, nun da ich fast 60 Jahre später am Heiligen Abend vor dem alten Bauernhaus stehe. Eine Nichte von Köbi hat es vor vier Jahren übernommen. Sie arbeitet in Basel. Und verbringt nur einen Sommermonat hier in den Bergen.

Schwarz, fast gespenstisch, ragt das Haus in die Nacht. Der Mond wirft einen silbernen Schleier auf die alten Ziegel.

«Ich wünschte mir eine weisse Weihnacht …», seufze ich zum Himmel.

Ich will mich eben auf den Heimweg machen, als ich ein dumpfes Summen aus dem Stall vernehme – so als würde ein Bienenschwarm vorbeisurren.

Ich schaue nach oben. Schwarze Wolken schieben sich vor den Wildstrubel.

Ich spüre nasse Tupfer auf meinem Kinn.

Es hat zu schneien begonnen.

Weihnachtsglück mit Nummer 15

«Willst du es wirklich tun?»

Hildi Gsell schaute ihre Freundin etwas ängstlich an. «Ich meine: Natürlich ist dieses Altenheim nicht alles ... aber du hast doch Hilfe, wenn irgendetwas passiert ... und die Leute sind sehr freundlich ...»

«Papperlapapp!», unterbrach sie Clara Stampfli genervt. «Dass ich Hilfe brauche, weiss ich auch. Aber seit ich im Heim bin, gehts mir immer schlechter. Ich kann nur noch mit dieser Gehhilfe laufen ...» Die ältere Frau im hellblauen Schurzkleid gab dem Eisengestell einen unsanften Tritt. «Irgendwie fühle ich mich hier trotz all den Hilfen hilflos ... und da ist mir das Angebot von Ernst wie vom Himmel gekommen ...»

Vor zwei Jahren hatte sie Ernst in der Hauptpost kennengelernt. Ihre Beine hatten vom mühsamen Stadtbummel derart geschmerzt, dass sie sich auf einer der Bänke ausruhen musste. Neben ihr sass ein Mann mit schlohweissem Haar. Er hatte Clara zugenickt: «So ists recht. In unserm Alter soll man sich auch ausruhen ... kommen Sie öfters hierher?»

Der Mann erzählte Clara, dass er fast jeden Tag die Hauptpost aufsuche: «Ich bin seit 15 Jahren pensioniert. 40 Jahre lang habe ich die Tramwagen dieser Stadt gefahren. Dann gings aufs Abstellgleis – sozusagen. Anfangs wusste ich mit meiner Freizeit nichts anzufangen. Der Verkehr, die Hektik – all dies fehlte mir. Hier aber atme ich das richtige Leben ...»

Um die beiden herum eilten Leute vorbei. Sie suchten Schalter auf, holten die Post ab – die zwei Alten wurden kaum beachtet.

Eine Stunde lang haben die beiden miteinander geredet. Clara erzählte Ernst vom Altenheim: «Meine Kinder leben im Ausland ... ausser Hildi habe ich niemanden mehr.»

«Hildi?»

«Ja, meine beste Freundin. Ihr Mann ist vor 23 Jahren gestorben. Ihre Rente reicht kaum zum Atmen. Sie wollte zu ihrem Krankenschwesterberuf zurück. Aber alle lehnten sie ab. Dabei ist sie mit ihren 72 rüstiger als manches dieser jungen Dinger. Nun arbeitet sie an einem Kiosk ...»

Auch Ernst lebte alleine. War Witwer. Die Staatspension erlaubte ihm eine 2-Zimmer-Genossenschaftswohnung. «Mit dem Rest unterstütze ich meinen Enkel. Michi studiert. Er will mal Apotheker werden. Mein Sohn, der eigentlich für ihn sorgen sollte, hat sich wieder verheiratet. Und muss vier Mäuler stopfen. Michis Mutter wiederum lebt in Argentinien. Da muss halt der Grossvater einspringen ...»

Die beiden waren sich einig, dass nichts mehr wie früher war.

Zwei Tage später haben sie sich wieder getroffen – die Plauderstunden in der Hauptpost wurden zu Claras Lichtblick im Alltag.

Eines Abends, als Hildi nach einem hektischen Tag den Kiosk geschlossen hatte und Clara in der «Abendsonne» besuchte, druckste Letztere ein bisschen herum. Und verkündete stockend: «Du wirst mich jetzt für verrückt halten, Hildi – aber ich werde das Heim verlassen. Ich ziehe in eine Kommune!»

«EINE KOMMUNE?» Clara hätte ihrer Freundin ebenso gut eröffnen können, sie ziehe in den Busch.

«Nun ja – Ernsts Enkel hatte die Idee. Michi hat zusammen mit einer Gruppe von jungen Leuten eine alte Villa an der Pilgergasse 15 gemietet. Die Monatskosten teilen sich alle auf. Und jetzt suchen sie noch jemanden ...»

«Um Himmels willen, Clara!» Die Freundin wurde nun sehr energisch: «Manchmal bist du wirklich naiv. Was willst du unter all diesen jungen Menschen? Dazu noch mit deinen kranken Beinen? Im Heim hast du Hilfe ...»

«Die jungen Leute haben versprochen, sie würden mir auch helfen ...»

Hildi tat dieses Versprechen mit einer Handbewegung ab: «Was junge Leute so versprechen – BLÖDSINN! Du machst einen riesigen Fehler ...»

Clara fühlte sich nun auch etwas verunsichert: «Ach, Hildi, wenn ich nur genügend Geld hätte. Dann müsstest du morgen deinen Job am Kiosk kündigen und ich würde dich als meine private Krankenschwester anstellen ...»

Hildi nahm ihre Freundin in die Arme: «Du Dummerchen – ich bin doch immer für dich da. Und ich spüre ja, dass du hier nicht glücklich bist ...»

Dann zögerte sie einen Moment: «Aber – willst du es wirklich tun?»

Seit 14 Monaten lebt Clara nun schon in der Kommune. Ernst und Michi hatten ihr beim Umzug geholfen. Die jungen Leute nahmen sie herzlich auf – ohne ein grosses Theater wegen ihr zu machen.

Schon nach einer Woche spürte Clara, dass ihr das turbulente Leben um sie herum guttat.

Manchmal, wenn die Beine es erlaubten, kochte sie für die ganze Meute ihre legendären Fleischküchlein. Sie verwertete Resten zu Eintöpfen und Pasteten. Und die jungen Leute revanchierten sich, indem sie bei ihr die Fenster putzten.

Selbst Hildis Skepsis verrauchte: «Nun ja – die Stube wirkt ein bisschen chaotisch mit all den vielen Laptops auf dem Tisch. Aber irgendwie siehst du doch frischer aus als vor einem Jahr ...»

Clara strahlte: «Ich lerne jeden Tag Neues. Ich sehe die Umwelt ganz anders. Obwohl wir hier ein altes Haus haben, zeigen mir die jungen Leute, wie man heute ökologisch richtig lebt ... sie sind sparsamer mit dem Wasser. Und hier, schau dir diese Glühbirne an ... das ist eine Sparlampe.»

«Du wirst mit 75 Lenzen noch zur Ökotrine?», grinste Hildi.

Clara lachte auf: «Es schadet nicht, zur Zukunft der Jungen Sorge zu tragen – und alle sechs, die hier wohnen, sind einfach wunderbar. Gestern hat Alex – er steckt eben im Abschlussjahr zum Physiotherapeuten und massiert mitunter meine Beine –, gestern hat er zu mir gesagt, es sei wunderbar, dass ich mit ihnen zusammen sei. Es wäre stets wie ein richtiges Nachhausekommen, wenn ich da sitzen und stricken würde ...» Sie schaute unsicher zu ihrer Freundin: «Jedenfalls fühle ich mich nicht als fünftes Rad am Wagen. Und ob dus glaubst oder nicht – meine Gehhilfe habe ich seit Wochen nie mehr benutzt!»

«Friede, Freude, Eierkuchen ...», seufzte Hildi. Und tätschelte die Hand ihrer Freundin: «Hoffen wir, es hält an ...»

Die Gewitterwolke erschien anderntags mit einem eingeschriebenen Brief. Hausbesitzer Hess verkündete der Corona schriftlich, dass die «Villa» Nummer 15 zum Verkauf ausgeschrieben sei und Ende März für die Kommune das AUS anstünde ...

Die jungen Leute sassen am Tisch. Der Appetit auf Claras Fleischküchlein war ihnen vergangen.

«Und was tun wir jetzt …?», unterbrach Michi die Stille.

Clara brachte einen Apfelkuchen auf den Tisch: «In einem Monat ist Weihnachten, Kinder … irgendwie könnte ja nach 2000 Jahren wieder mal ein Wunder geschehen!»

Die Stadt zeigte sich in ihrem schönsten Weihnachtskleid. Aus allen Läden summten Weihnachtslieder – und die Menschen hasteten mit Glimmerpaketen und Tannenästen durch die Strassen. Clara sass bei Hildi im Kiosk. Seit sie wieder besser gehen konnte, besuchte sie ihre Freundin öfters bei der Arbeit.

Heute war jedoch Hektik. Alles gab Lottozettel ab. Hildi hatte kaum eine freie Sekunde – einmal erklärte sie Clara: «Der Jackpot steht bei 17 Millionen. Deshalb macht jetzt alles auf verrückt …»

Später, als man Clara fragte, weshalb sie überhaupt einen Zettel ausgefüllt habe, zuckte sie nur immer mit den Schultern. «Ich weiss es nicht … ich weiss es wirklich nicht. Plötzlich hatte ich so einen Schein vor mir und …»

«Du musst sechs Zahlen ankreuzen. Und eine Zusatzzahl …» Hildli grinste. «Vielleicht räumst du ja ganz gross ab. Heee, duu – dann bekomme ich aber wirklich die Stelle als Krankenschwester, versprochen?»

Clara konzentrierte sich ganz auf die kleinen Viereckchen.

Sie hatte die Geburtstagszahlen ihres Mannes, dann ihre eigenen, schliesslich den Hochzeitstag und die Geburtstage der Kinder angekreuzt.

«Eigentlich habe ich ja für solchen Unsinn kein Geld ...», knurrte sie zu Hildi. Die nahm ihr lachend den Schein ab. «Da fehlt noch die Zusatzzahl!»

Clara sah die alte Villa vor sich. Hausnummer 15. Sie kreuzte die 15 an.

Die beiden Frauen sassen alleine vor dem Fernseher, als die Lottofee die Kugeln ins Rollen brachte.

Clara strickte an einem Schal, der noch bis zum 24. fertig werden sollte – jeder Kommunebewohner bekam von ihr ein Geschenk. Alle hatten sie ihre Familienfeier zugunsten der Kommuneweihnacht abgesagt. Klara würde Fleischküchlein backen – überdies hatte sie im Fernsehen ein Rezept für Buttenmostcreme gesehen. Damit wollte sie ihre Kommune zum Dessert überraschen.

«Die dritte Zahl ist eine Sechs», strahlte die Lottofee von der Bildscheibe.

«Mein Geburtstag», dachte Clara. Unten waren die anderen Zahlen eingeblendet. Das Nadelgeklapper stockte abrupt – auf dem Bildschirm standen die beiden Geburtstagszahlen der Kinder. Klara wäre fast eine Masche runtergefallen. «Hildi», rief sie laut, «Hildi, ich habe d r e i Richtige!»

Aber Hildi war dort, wo kleine Mädchen müssen. Als sie zurückkam, hörte sie eben noch, wie die Glücksfee verkündete: «... die Zusatzzahl ist 15!»

«Unsere Hausnummer ...», flüsterte Clara heiser. Dann: «Hildi – um Himmels willen, Hildi. Ich glaube fast, du wirst deinen Kiosk-Job aufgeben müssen ...»

Die Herrschaften von der Lottogesellschaft hatten am andern Tag schon einen Blumenstrauss gebracht – den zuständigen Bankkbeamten, der die 17 Millionen verwalten sollte, hatten sie auch gleich dabei: «Das mit der Zusatzzahl machte Sie zur Alleingewinnerin, liebe Frau Stampfli!»

Am Heiligen Abend aber stand Michi nach dem Dessert auf und klopfte an sein Glas: «Liebe Clara – auch wenn wir das nächste Jahr nicht mehr hier Weihnachten feiern können, so musst du wissen: Wir lassen dich nie im Stich. Wir werden alle zusammen sein. Irgendwie ist diese Kommune unser Heim.»

Die jungen Leute applaudierten. Und auch Klara erhob sich. «Wie ihr seht, kann ich wieder ganz ohne Hilfe aufstehen …» Sie lachte und wurde dann ernster: «Michis Onkel hat mir mal gesagt, man muss nur an etwas glauben und etwas wollen – dann erreicht mans auch. Er hat recht gehabt. Dank euch stehe ich wieder gut auf den Beinen – dank euch komme ich mir nützlich vor. Und ich glaube fast, ihr habt mir auch Glück gebracht …»

Sie zückte einen Brief hervor: «Der ist von Hausbesitzer Hess …»

«Oh jerum», seufzte Michi.

«Ja – oh jerum. Er hat das Haus verkauft …»

Nun seufzte die ganze Kommune.

«Hier steht auch, an wen …», lächelte Klara.

Michi nahm ihr den Brief aus der Hand. «An die Kommune ‹Weihnachtsglück›», las er laut vor. Dann schaute er verunsichert zu Klara: «Wer ist die ‹Kommune Weihnachtsglück›?»

Klara nahm ihm den Brief aus der Hand: «Die Kommune wohnt bereits hier – an der Pilgerstrasse 15 …» Dann blinzelte sie ihrer Freundin zu: «Hildi, erkäre ihnen mal, weshalb du den Kiosk-Job aufgibst und warum 15 meine

Glückszahl ist ... ich hole inzwischen die Buttenmostcreme ...»

Von der Weihnachtsflucht nach Malaga ...

Marlies stand vor dem geöffneten Koffer.
Im Radio schmetterte Frank Sinatra «White Christmas».
«Nein danke!», brummte Marlies. Drückte den Aus-Knopf. Und überprüfte nochmals ihre Sachen: Strandsandalen ... drei hauchdünne Blusen ... Sonnencreme, Faktor 50 (sie war rothaarig und hatte eine hyperempfindliche Haut) – dann zwei Bikinis (sie machte auch mit 50 Lenzen noch eine gute Figur), ein bodenlanges Seidenkleid (falls das Hotel zu irgend so einer idiotischen «Gala-Dinner-Soiree» blies).
Und vier Sonnenbrillen.
So wie andere Frauen auf Schuhe fuhr Marlies auf Sonnenbrillen ab.

Vor zwei Wochen war sie durch die weihnachtlich düdelnde Stadt gezogen. Glühweinluft verströmte süssliche Halleluja-Düfte. Da sah sie das Plakat in einem Reisebüro: eine spanische Flamenco-Tänzerin neben einer riesigen Pfanne voll mit Paella.
Marlies hasste Paella.
Noch mehr hasste sie Weihnachten. DESHALB: NICHTS WIE WEG!
Sie buchte das Festtagsreisepaket: «AB AN DIE SONNE! – MALAGA VERWÖHNT SIE!»
In Kleinschrift konnte man lesen: «Heiligabend-Buffet inbegriffen».
Marlies kannte Malaga nicht.
ABER SIE KANNTE IHREN DURCHHÄNGER AM 24. DEZEMBER!
Also gab sie ihren 13. Monatslohn dafür, all diesem Psychostress davonzufliegen.

Früher, als Nico noch klein war, hatte sie das Fest geliebt.

Marlies war eine alleinerziehende Mutter. Sie wollte keine Beziehungskisten. Sie wollte nur Nico.

Und als sich dessen Erzeuger aus dem Staub machte, war das Marlies ganz recht gewesen.

Zusammen mit Nico hatte sie jeweils den Baum geschmückt. Jedes Jahr durfte sich der Kleine am Weihnachtsmarkt drei neue Kugeln aussuchen. Nico liebte das Glimmerzeug – besonders die Kugel mit der überzuckerten Kirche.

«Schön», sagte er ergriffen.

«Er wird sicher schwul», dachte Marlies. Aber es war ihr egal.

Später hatte er die Schneekirche immer als Erstes am Baum gesucht – auch als er bereits gross war. Gross und schwierig.

Zuerst hatte sie nichts bemerkt – dann hatte eine Freundin sie auf die Augen des Jungen aufmerksam gemacht: «Marlies – er kifft!»

Sie sprach mit ihm. Lange und eindringlich. Aber nach dem Shit kam die Spritze. Und Nico war kaum mehr zu Hause.

Als er sie bestahl, tobte sie. Weinte. Eines Tages hatte er sein Zimmer geräumt – war weg.

Er war 18. Erst 18! Und sie wusste nicht, wo er steckte.

Sie hämmerte die Message-Box seines Handys voll.

KEINE REAKTION.

Sie alarmierte die Polizei. Dort hatte man nur ein freundliches Lächeln für sie. Und ein frustriertes Schulterzucken: «Wenn Sie wüssten, wie viele Eltern bei uns vorsprechen, weil ihre Brut verschwunden ist ...»

Marlies war verzweifelt. Nico hatte sich ganz einfach aus ihrem Leben geschlichen.
SIE WAR ALLEINE. FÜHLTE SICH VERLASSEN.
Und deshalb: kein Christfest-Halleluja mehr!

In Malaga war dann alles anders als auf dem Prospekt: Es zog ein eisiger Wind durch die Gassen, die ohne südspanische Sonne trist und grau aussahen. Der erste Gang führte Marlies in die Hotelboutique, um sich mit einer dicken Wolljacke einzudecken. Immerhin – das Hotel war ok. Sauber. Doch kaum 20 Schritte weiter war ein Park, und die Reiseleiterin warnte die Gruppe: «… voll von Junkies … passen Sie auf … tragen Sie nie viel Geld auf sich … die stehlen wie die Raben …»

Marlies dachte an Nico.

Immer wenn sie irgendeinen Junkie sah, musste sie an ihn denken. Was er wohl tat? Wie er sich durchs Leben brachte? Vor allem: WIE GING ES IHM?!

Marlies trug die Last bleischwer in Kopf und Magen herum.

«Sie müssen das einfach ausschalten …», hatte ihre Psychologin ihr geraten, «… denken Sie an das Gute ihres Sohnes zurück! Das hilft.»

DAS HALF EINEN SCHEISSDRECK!

Wie tausend Bienen surrten die Gedanken: «Mit wem lebt er? Wie kommt er über die Runden?»

Immer wieder hatte sie versucht, sein Handy anzurufen. Bis zu dem Tag, als eine Stimme ab Band ihr sagte: «Auf dieser Nummer können wir keinen Teilnehmer ausmachen …»

Sie liess sich krankschreiben. Und heulte sieben Tage und Nächte lang die Kissen voll.

Die Reisegruppe war am Flughafen in einen Bus verfrachtet worden. Zusammen mit anderen Grüppchen wurden alle in die Stadt geschaukelt.

Marlies hatte sich wie in einer Schafherde gefühlt – ein einsames, verlorenes Schaf, dachte sie. Und korrigierte sich seufzend: «Nein. Eine dumme Gans! Das hier ist doch totaler Blödsinn – vier Sonnenbrillen, zwei Bikinis und null Grad!»

Man bot eine «Welcome-Sangria». Und zum Nachtessen wurde eine Weihnachts-Paella angekündigt. Mit Tanz ...

Sie flüchtete.

In der Stadt setzte sie sich in eine Tapas-Bar. Und hätte am liebsten geheult.

Sie mochte auch keine Tapas.

Als sie ins Hotel zurückwollte, sah sie einen jungen Mann mit einem Hund. Er sass auf einer Kirchenstufe. Neben ihm lag der verlauste Köter – vor ihm lag ein verschmutztes Kartonschild: «ICH HABE HUNGER!»

Für einen kurzen Moment blieb Marlies stehen. Unwillkürlich begann es im Kopf wieder zu surren: «Was macht Nico an diesem Heiligen Abend? ... Wie feierte er Weihnachten? ... Hat er zu essen?»

Dann gab sie sich einen Ruck. Und sprach den jungen Mann an: «KOMM MIT!»

Der Schwarzhaarige mit den verfilzten Locken schaute etwas unsicher. Er war vermutlich knapp über 20 – nun ja, so alt wie Nico.

SCHON WIEDER NICO!

An der Ecke gabs einen dieser McDonald's-Läden. Die Bude war fast leer. Und das Personal stand lachend bei der Fritteuse – auf den Köpfen der Angestellten funkelte das weisse Bord der roten Nikolaus-Mützen wie eine Scooter-Bahn.

Marlies bestellte zwei Burger. Und drei Portionen Fritten.

«Da!» Sie streckte das Tablett dem Mann entgegen. «Frohes Fest – und gib dem Hund auch etwas ab!»

Vermutlich verstand er sie nicht. Jedenfalls schüttelte er nur immer wieder den Kopf. Und nannte sie «Lady». «Thank you, Lady» ... «Feliz Natal, Lady ...»

Marlies wollte und konnte jetzt nicht ins Hotel zurück. Sie war zu aufgewühlt. Wieder diese Bienen im Kopf ... wieder dieses Summen.

WIEDER MAGENKRÄMPFE. UND WÜRGEN IM HALS.

Sie ging zurück zur Kirche, wo sie den jungen Mann angetroffen hatte. Und sie setzte sich auf eine der Holzbänke. Es roch nach Weihrauch. Und nach verrauchten Dochten. Eine Alte zündete eine Kerze an. Und ging vor der Heiligen Mutter auf die Knie. Dann knetete sie murmelnd ihren Rosenkranz.

Später hatte die Frau Mühe, wieder hochzukommen – Marlies eilte zu ihr. Wollte ihr helfen. Aber die Alte wedelte sie energisch fort.

Eine Orgel spielte. Und jetzt heulte Marlies hemmungslos drauflos.

Die Tränen taten ihr gut – sie waren wie ein Weihnachtsgeschenk. Und erleichterten sie.

Die Muttergottes schaute auf Marlies herab. In den Armen hielt sie ihren Sohn.

Marlies heulte wieder.

«Du könntest wenigstens an seinem Geburtstag etwas Mitleid mit anderen Müttern haben ...», schluchzte sie nun zum Madonnenbild.

Maria sagte nichts. Aber sie lächelte.

Die ersten Besucher der Mitternachtsmesse tauchten auf. Marlies fühlte sich plötzlich besser.

«Gott, bin ich dumm ... Sonne in Malaga. Und ich frier mir hier die Zehen blau ...»

Dann grinste sie über sich selber. Und machte sich auf den Weg zum Hotel.

In einer schmalen Gasse wurde sie von drei jungen Junkies angehalten. Einer hatte ein Messer: «Money», sagte er nur. «Give all the money!»

Marlies zitterte. Sie schaute in die abgelöschten Augen mit den grossen Pupillen. Die Bienen meldeten sich. Und sie spürte eine unendliche Traurigkeit.

«Hello, Lady», hörte sie jetzt eine Stimme. Sie erkannte den jungen Mann mit dem Hund. Er redete spanisch auf das Trio ein. Insgeheim gab er ihr ein Zeichen, schleunigst zu verschwinden.

Sie rannte davon. Ihr Herz hämmerte, als sie vor der Hoteldrehtüre stand.

Im Innern war es hell. Neonsterne funkelten. Eine Band spielte. Und die Reisegesellschaft war eben dabei, sich zu einer Polonaise zu formieren.

«DAS NICHT AUCH NOCH!», heulte Marlies nun auf. Und ging die Treppe hoch.

Ihr Handy surrte. Unbekannte Nummer. Sie wollte das Gespräch eben abdrücken, als sie eine Stimme rufen hörte: «Mama – Mama, wo bist du?»

Marlies erstarrte. Zitterte. Das Summen im Kopf hatte abrupt aufgehört.

Dann leise: «Nico? ... NICO!»

«Wir wollten die Schneekirche an den Baum hängen ...»,

hörte sie seine Stimme. «Aber da ist kein Mensch ... Und kein Baum ...»

Es tönte traurig, vorwurfsvoll.

Marlies fühlte, wie ihre Beine nachgaben. Sie setzte sich auf die Steintreppe: «Nico. Geh bitte nicht weg. Ich bin in Malaga. Morgen nehme ich das erste Flugzeug – nicht weggehen ...»

«Sie ist in Malaga», hörte sie Nico sagen.

«MALAGA?» Das tönte nach einer Frauenstimme.

Nico meldete sich wieder: «Das ist Ines. Meine Freundin. Sie hat mich aus all dem Schlamassel rausgeholt ... wir sind seit zwei Jahren zusammen ...»

«Nico», weinte jetzt Marlies, «bitte warte auf mich ... geh nicht wieder weg ... bitte!»

«Ist ja gut ... nicht weinen ... alles ist gut», hörte sie ihren Sohn leise sagen.

Dann meldete sich eine ziemlich resolute Frauenstimme. «Ich freue mich, Sie kennenzulernen, Marlies ... hats irgendwo Bettwäsche?»

Als ein Kellner die heulende Marlies später auf der Treppe sitzen sah, kam er zu ihr gerannt. «Alles gut, Señora?»

Sie strahlte jetzt plötzlich. War alles gut? Sie wusste es nicht. Aber da war Hoffnung ... und war das nicht ein bisschen Licht im Dunkeln ...?

«Alles wunderbar», lächelte sie. Und wischte sich die Tränen aus den Augen. «Morgen früh reise ich ab ... um Weihnachten zu Hause zu feiern.»

Es war schwierig, an Weihnachten ein Flugzeug zu bekommen – es ist der Tag, an dem der Himmel den Engeln gehört. Flugzeuge haben Pause.

Sie ergatterte in Madrid einen Platz nach Genf.

Als sie sich in den Sitz zurücklehnte, meldete der Kapitän: «In der Schweiz schneit es bei null Grad!»

Die Sitznachbarin lächelte: «Wie schön – das wird ein weisses Fest …»

«Ja», meinte Marlies leise zustimmend. Sie flogen jetzt im Sonnenlicht über den Wolken. «Ich glaube, es wird eine wunderbare Weihnacht …»

Weihnachtssterne

Louis hielt sein Handy in den Fingern.
Er starrte in die Ferne.
Und er hörte noch immer die Worte des Arztes, der aus dem Bezirksspital angerufen hatte: «Es geht zu Ende ... Sie sollten jetzt kommen!»
Eine zarte Berührung riss ihn aus seinen Gedanken.
Louis lächelte. Wenn er Ava sah, fühlte er stets diese Wärme, wie wenn die Sonne hinter den Wolken hervorkommt.
«Das Spital ...», murmelte er. «Sie sagen, es ist so weit ... vermutlich sollte ich jetzt zu ihm. Aber ich weiss nicht, ob ich das schaffe ...»
Er spürte ihre kleinen Hände an seiner Stirn.
«Natürlich schaffst du das. Ich bin bei dir. Vielleicht solltet ihr endlich Frieden schliessen ... es ist bald Weihnachten ...»
Hans warf seiner Frau einen traurigen Blick zu: «Weihnachten war stets am schlimmsten ...»
Wenn er so zurückdachte: Es hatte es für ihn nie Weihnachten gegeben. Keine aufgeregte, kindliche Vorfreude. Kein heisses Fiebern auf Geschenke. Einfach NICHTS. Oder eben: Stress.
Louis hatte seinen Vater nur als eigensinnigen Mann erlebt. Eiskalt. Gefühllos.
Der Junge war knapp sieben Jahre alt gewesen, als seine Mutter starb. Auch an sie hatte er kaum Erinnerungen. Die Eltern rackerten sich im Geschäft ab. Sie betrieben eine kleine Gärtnerei. Es gab Gemüsesetzlinge. Kräuter. Zierpflanzen. Und allerlei Blumen, die unter langen Plastikhäusern angetrieben wurden.
Louis musste schon als kleiner Bub mitarbeiten. Giessen. Welke Blüten und Blätter wegzupfen. Umtopfen.

Erde auflockern.

Seine Schulfreunde spielten Fussball. Oder durften ein Instrument erlernen.

Louis hätte gerne Klavier gespielt. Aber: «Das ist nichts für unsereins», hatte der Vater gereizt abgewunken. «Du wirst einmal das Geschäft übernehmen – es ist nur gut, wenn du frühzeitig lernst, was Arbeiten heisst ...»

Das Christfest fand nicht statt. Schon früh hatten ihm die Alten klargemacht, dass die Wochen vor Weihnachten in der Gärtnerei «die grösste Plackerei» bedeuteten. Adventskränze wurden gebunden. Tannen zurechtgestutzt – und da sie sich keine Arbeiter leisten konnten, wurde Louis eingespannt.

Am Heiligen Abend war dann stets der grosse Ansturm. Von wegen «bedächtige Weihnachtszeit».

Die Kunden standen Schlange. Jeder wollte noch ein Gesteck fürs Grab, eine zweite Tanne für den Vorgarten – einen frischen Adventskranz, weil der alte nach vier Wochen «so schrecklich aussieht wie ein nasser Hund».

Die Eltern waren froh, dass das Geschäft wenigstens einmal im Jahr auf Hochtouren lief. Sie büschelten pausenlos von den zarten weissen Christrosen. Louis wiederum festigte die zerbrechlichen Amaryllis-Stengel mit einem Holzstab. Und wünschte allerseits: «Frohes Fest!»

DOCH NICHTS WAR DA FROH UND FESTLICH!

Sie hatten nicht einmal einen Baum daheim.

«Hunderte stehen in der Bude herum. Was brauchen wir so etwas noch in der Stube?», hatte der Vater sich aufgeregt.

Damals hatte die Mutter aufbegehrt: «Der Junge soll auch so etwas wie Weihnachten fühlen, Hans!»

Sie hatte am 23. Dezember eine kleine Weisstanne geschmückt. Und der Vater hatte getobt: «Natürlich – eine gewöhnliche Rottanne tut es ja nicht für den Herrn Sohn!»

Dann hatte er während des ganzen 24. Dezembers weder mit seiner Frau noch mit Louis ein einziges Wort gesprochen.

Nach Geschäftsschluss ging er direkt ins Bett.

Seine Mutter aber hatte schweigend die Kerzen am Baum angezündet. Und sass mit Louis davor – bis dieser merkte, dass auch sie eingeschlafen war.

Es war ihre letzte Weihnacht.

Nach dem Tod der Mutter gab es nie mehr eine Tanne.

Noch heute, nach 30 Jahren, schnürten Weihnachtsbäume Louis die Kehle zu. Sie machten ihn still. Traurig. Depressiv. Nein. Er mochte das Fest nicht.

Ein Lichterbaum kam ihm nicht ins Haus. Da blieb er stur wie sein Vater. Auch wenn er spürte, dass Ava deswegen traurig war.

«ICH KANN ES NICHT!», flüsterte Louis jetzt wieder.

Sie standen vor dem Krankenzimmer.

«Er braucht deine Umarmung!», lächelte Ava sanft.

«Wir haben uns nie umarmt», antwortete Louis leicht erstaunt.

Der Kranke atmete schwer.

Als Hans jedoch Ava sah, kam ein Leuchten in seine Augen: «Du? Wie schön ...»

Ava beugte sich zum Schwiegervater hinunter, küsste ihn auf die Stirn und streichelte seine Wangen: «Wir sind beide da ...»

Der Alte versuchte den Kopf zu drehen.

Als Louis näher kam, nickte er nur. Er versuchte Avas Hand zu halten: «Du warst das Beste in meinem Leben!»

Und ein meckerndes Lachen wurde durch ein Keuchen unterbrochen: «Zumindest d a s hast du prima gemacht, Louis!»

Mit neun Jahren veränderte ein Geburtstagsgeschenk der Grossmutter das Leben des Jungen. Sie hatte die Familie nie besucht – ihr Schwiegersohn war ihr ein Gräuel. Ein Leben lang hatte sie mit ihrer Tochter gehadert: «So ein ungehobelter Klotz! Weshalb musste es ausgerechnet d e r sein?!»

Sie schickte also die Geburtstagsgeschenke per Post. Und dieses Mal wars ein Malkasten – voll von Ölkreidestiften.

Louis hatte noch nie so etwas Wunderbares gesehen. Künftig benutzte er jede freie Minute für die Malerei.

«Er ist immens begabt», hatte sein Lehrer auf den Vater eingeredet, «der Junge muss gefördert werden. Es gibt eine Kunstgewerbeschule in Basel. Sie hat einen sehr guten Ruf und …»

«NEIN!», hatte der Alte den Kopf geschüttelt. «Er wird eine Gärtnerlehre machen … schliesslich soll er mal das Geschäft übernehmen!»

Louis war zu schwach gewesen, um sich aufzulehnen. Er ging den Weg, der ihm sein Vater vorzeigte. Lernte Gärtner. Arbeitete im elterlichen Betrieb. Und war tief unglücklich.

Sein Vater sonderte sich immer mehr von ihm ab. Er gab sich nun ganz der Aufzucht von Weihnachtssternen hin. Wenn er von seinen Experimenten sprach, kam ein Feuer über ihn, wie es Louis sonst nicht bei ihm kannte:

«Ich bin mir sicher, dass ich diese Weihnachtssterne auch hier in der Schweiz züchten kann ... wir brauchen ein geheiztes Gewächshaus. Und ein bisschen Geduld ...»

Jedes Jahr wartete Hans vergebens darauf, dass die Stöcke die roten Blüten zeigen würden. Immer gegen Mitte Dezember gingen die Pflanzen ein. Und: «Hunderte von Franken einfach vertan!», höhnte Louis.

Der Vater blieb aussergewöhnlich gelassen: «Die Weihnachtssterne sind meine Liebe, Louis. Meine einzige, ganze Liebe. Aber so etwas verstehst du nicht. Doch eines Tages wird das Experiment gelingen: Sie werden blühen wie ein rotes Meer ...»

Es war wieder die Grossmutter, die das Leben von Louis beeinflusste: Sie hinterliess ihm nach ihrem Tod das grosse Haus in Genf. Und alle Aktien. So war er als 20-Jähriger plötzlich wohlhabend. Frei. Packte seine Koffer. Ging nach Paris. Und malte.

Seine Bilder waren eine Orgie an Farben – gekauft hat sie keiner. Sprach man Louis darauf an, zuckte er nur die Schultern: «Kein Problem – Malerei ist meine grosse Liebe! Das zählt mehr als der oberflächliche Erfolg!»

Seine andere Liebe war Verkäuferin in einer kleinen Bäckerei: Ava. Ihr Lächeln tat ihm gut. Er führte sie ein paar Mal zum Essen aus. Und die Filipina erzählte ihm, wie sie alleine nach Europa gekommen sei: «Ich hatte keine Zukunft, keine Verwandten, zu denen ich gehen konnte. Also flüchtete ich. Und kam nach Paris ...»

Louis erzählte ihr von seinem Vater, seiner unglücklichen Jugend: «In unserem Land sind die Menschen manchmal so kalt wie die Berge, in denen sie leben ...»

Sie schaute ihn lange an: «Die Berge brauchen eben viel Sonne, um Wärme abstrahlen zu können ... ich möchte deinen Vater kennenlernen, Louis.»

So ist er damals in die Schweiz zurückgekommen – mit einer jungen Frau.

Als der Vater die Schwiegertochter sah, ging plötzlich ein Leuchten von ihm aus: «Du bist ja so schön wie meine Weihnachtssterne, von denen ich immer träume ...»

Der Vater war damals schon gesundheitlich angeschlagen: Lungenkrebs.

Ava kümmerte sich ganz alleine um ihn: «... das ist meine Pflicht als Schwiegertochter. In meinem Land lieben wir unsere Alten.»

Louis schaute in der Gärtnerei zum Rechten. Sie war mit den Jahren heruntergekommen. Nur das grosse Gewächshaus mit den Plastikwänden und den kleinen Setzlingen, die Weihnachtssterne werden sollten, war herausgeputzt. Und liess Louis wehmütig lächeln ...

Er kniete sich in seine neue Arbeit. Spezialisierte sich auf Kräuter und Blumen. Und wunderte sich: Die Sache begann ihm Spass zu machen.

Er kaufte Schnittblumen beim Grossisten. Komponierte die bunten Farben mit Kräutern und Blättern zu einzigartig schönen Bouquets – bald einmal kamen die Menschen aus der ganzen Region, um die Kompositionen von Louis zu kaufen.

Sein Vater liess ihn brummelnd gewähren. Er verschanzte sich hinter seinen Experimenten mit den Weihnachtssternen, die dann doch nie blühten.

Ava tröstete den Schwiegervater stets mit ihrem warmen Lachen: «Es gibt die Hoffnung. Und ein nächstes Jahr ...»

Aber nun wussten sie alle, dass es kein nächstes Jahr mehr geben würde.

Der kranke Mann schaute Ava lange an: «Ich danke dir für alles, mein Kind. Und jetzt lass mich mit meinem Sohn alleine ...»

Als Ava die Türe hinter sich zugezogen hatte, setzte sich Louis ans Bett seines Vaters. Keiner sprach ein Wort.

Nach einer gewissen Zeit tastete sich die alte Hand zu seinem Sohn: «Ich habe viel falsch gemacht, Louis. Das wollte ich dir sagen. Ich weiss, dass es nicht einfach war mit mir. Ich bin mir oft selber im Weg gestanden ... niemand hat mich da weggezogen. Alles war so dunkel in mir – bis du mit Ava kamst. Sie hat mir ein bisschen Sonne gebracht. Dafür danke ich dir ...»

Louis spürte die Hand seines Vaters in seiner. Und plötzlich fühlte er, wie die Tränen hochkamen. «Es ist gut, Vater», flüsterte er. «Ich hätte auch vieles anders machen sollen ...»

Dann schwiegen sie wieder.

«Versprich mir, dass du zu den Weihnachssternen schaust, Louis. Mach weiter in meinem Sinn ... ich habe alles aufgeschrieben. Eines Tages werden sie blühen ... in drei Tagen vielleicht. Dann ist Weihnachten ...» Er atmete tief: «Ich habe mir immer vorgestellt, wie ich deine Mutter und dich mit dieser Pracht überraschen könnte. Nun ja, statt des Baums ... aber es hat nicht funktioniert, wie so vieles im Leben eben nicht fuktioniert ...»

Louis beugte sich zu seinem Vater. Und umarmte ihn. Er weinte jetzt. Und spürte die schwachen Arme des Alten um seinen Hals: «Es ist gut, Louis ...», sagte der. «Es ist gut ...»

Die Nachricht vom Tod seines Vaters erreichte Louis am anderen Tag: «Er ist friedlich eingeschlafen», sagte der Arzt am Telefon. «... sein Gesicht hatte plötzlich etwas Sanftes, Weiches!»

Die Beerdigung sollte nach den Festtagen stattfinden.

Als Louis am Heiligen Abend das Geschäft öffnete, fühlte er sich traurig und glücklich zugleich. Es war ein Gefühl von Freiheit. Und Verantwortung.

Er ging zu den kleinen Weihnachtsbäumen. Und suchte den schönsten aus. Ava schüttelte den Kopf: «Was soll das?»

«Ich möchte, dass du ihn für uns schmückst, Ava. Mir ist nach Weihnachten ... in mir ist irgendein stiller Frieden ...»

Ava umarmte ihn. So standen sie lange, bis die erste Kundin am Heiligen Abend ihnen einen Blumenstock entgegenstreckte. «Die sind wirklich einzigartig schön ... also so etwas habe ich noch nie gesehen. Und dieses Rot ...»

Louis löste sich von seiner Frau. Und starrte auf den Blumenstock: «Wo haben Sie diesen Weihnachtsstern gefunden?»

Sein Blick schwenkte abrupt zum Gewächshaus. Dort funkelte ein feuriges Rot – wie ein flammendes Meer schimmerte es durch das Plastik.

Hastig öffnete er die Türe. Hunderte von Weihnachtssternen leuchteten zum grossen Fest.

«Sind sie nicht wie ein Wunder ...», sagte die Frau, die ihm gefolgt war.

«Sie sind ein Weihnachtsgruss von meinem Vater ...», lächelte Louis.

Lindas letzter Weihnachtsbaum …

Linda wollte keinen Weihnachtsbaum.

Sie besuchte zu jener Zeit die Bibelstunden einer Sekte. Predigte das Alte Testament. Und fauchte mich an, als ich am 24. Dezember einen ziemlich dörren Besen heimschleppte: «Steht nix in bibeliges Buch von Baum. IST STALL MIT ESEL. Und vieles Engel mit Trompetig aus Himmel. Alles dieses Kugelig und dummes Vogelchen an Astig ist Heidenzeugig! Dies gar nix haben zu tun mit little Christ in Stroh!»

Sie regte sich derart auf, dass ihr die Zigarettenasche auf den Boden fiel. Automatisch drehte sie mit ihren Absätzen das Aschgrau ins Nachtblau des Spannteppichs: «Ist gut gegen Motten!», knurrte sie.

Mein Spannteppich war eine Mischung aus eingestampfter Asche und abgelaufenem Acryl.

So war Linda eben.

Natürlich hörte ich nicht auf ihr Gebrummel. Steckte die lausige Tanne in einen Glasständer. Und hängte allerlei Kügelchen, Vögel, Pilze und eine halb zerbrochene Glaskette dran. Der vergammelte Baumschmuck stammte von der Kembserweg-Omi. Als man ihr Bett aus dem roten Backsteinhaus trug und dieses ins Altersheim Abendfrieden zügelte, drückte sie mir zwei Schuhschachteln mit dem Glimmerzeug in die Hände: «Da, nimms. Mein Bäumlein hat dir doch immer so gefallen … es sind noch die alten Kugeln. Und die Kette, die in Brüche ging, als Lumpi sich ein Quittenwürstchen vom Baum schnappen wollte …»

Lumpi war Omis Kater gewesen. Und alles war nun passé.

Im «Abendfrieden» stierte sie dann monatelang durch ein blitzblank geputztes Fenster auf ein riesiges Maisfeld: «... das Schlimmste ist, dass man nicht mehr gebraucht wird ...», schniefte sie. «... sogar die Fenster werden uns blitzblank geputzt. Nichts zu meckern. Aber manchmal fehlt einem das Gefühl, für jemanden da zu sein ...»

Die Omi hatte ein Leben lang ihre miese Witwenrente mit Putzen aufpoliert. Ihre Kniescheiben, auf denen sie die Schwartenmagenböden aufwusch, waren platt wie Pfannkuchen.

«Mein grösster Weihnachtswunsch wäre, wieder einmal für jemanden da zu sein ...», sagte sie. Und zählte die Krähen auf dem Maisfeld.

Ich bat sie also, für mein erstes Weihnachts-Open-House zu kochen. Sie sollte ihre unvergleichlichen «Fleischküchlein» kücheln. Rund ein halbes Hundert Gäste versicherten ihr dann, nie im Leben etwas Besseres an Weihnachten gegessen zu haben. Und ihre Augen strahlten mit dem Lametta an den Ästen um die Wette.

Später habe ich erfahren, dass sie im Altersheim am Stephanstag wichtig herumposaunt hat, sie sei total fix und fertig. Während der ganzen Feiertage habe sie am Herd stehen und für die Jungen malochen müssen ...

Kurz: Ich hatte ihr die schönste Weihnacht seit Langem beschert.

Zurück zu Linda. Und dem Baum – oder eben: NICHT-BAUM!

Linda wurde mir durch eine Journalistenkollegin vermittelt. «Sie kommt aus Jamaika oder so ... aber frag sie um Himmels willen nicht danach ... da sind die Schwarzen empfindlich ... und schau, dass du immer Schokolade im Haus hast ...»

Eigentlich wollte ich sie zwei Stunden die Woche für die gröbste Putzerei engagieren. Mehr lag finanziell nicht drin.

Als ich mit 20 von zu Hause weggezogen war, klopfte mir meine Mutter auf die Schulter: «Finito mit Hotel Mamma – ich bin weder deine Expressreinigung noch der Pizza-Service. Vor allem bin ich nicht deine Kreditbank. SCHAU GEFÄLLIGST, DASS DU MIT DEM LEBEN UND DIR SELBER KLARKOMMST!»

Und dann war alles Chaos.

Also brauchte ich eine Hilfe. Linda kam. Sah sich um. Und knurrte: «Ist Saustallig hier ... wo sind Besig?»

Dann erschien sie jeden Tag. Und wurde meine beste Freundin, meine Ersatzmutter, mein Heulkissen in einer Zeit, als es auch im Advent nicht nur zuckrige Gutzi-Momente schneite.

Der Weihnachtsbaum nadelte, bevor die ersten Kerzlein flackerten. Linda tobte: «Ist lausig Tannig ... dieses Verkäufer hat dich verarschigt!»

Hatte er nicht. Ich hatte bis zum Heiligen Abend mit dem Kauf gewartet, weil die Bäume dann billig waren. Und da blieb für drei Franken nur noch dieser magere Besen übrig.

Lida liess den alten Hoover mit Getöse los. Und nickte zufrieden: «Ist Strafig wegen Heidezeugs ...!»

Immerhin sass sie dann am Christabend mit mir vor den schier kahlen Tännchen. Und frass mir alle Schokoladenmäuse von den Ästen. Die flackernden Kerzen und die eisig flimmernden Lamettafäden faszinierten sie: «Bei uns immer nur Kerzig für Totes ...»

Das war nicht neu. Schon am ersten Tag, als Linda an den Besen ging, hatte sie drei meiner dicken Stubenkerzen angefackelt: «Kerzig bringt Frieden in Haus ... unserig Toten schauen, dass Hinterbliebenes gut geht!»

So ging die Hälfte meines kläglichen Journalistenhonorars jeweils für Bienenwächserne und Schokolade drauf. Darunter tat es Linda nicht.

Ein Jahr später überraschte ich meine Hausperle, als sie mit meiner Mutter eine ansehnliche Rottanne schmückte. Die beiden hockten über verschiedene Schachteln, knübelten alte Kugeln aus Seidenpapier und erzählten einander Geschichten.

«NICHT REINKOMMEN!», schrien beide, als habe der Leibhaftige persönlich die Stube betreten. Meine Mutter funkelte mich böse an: «Du weisst genau, dass man den Weihnachtsbaum nicht sehen darf, bevor das Glöckchen alle reinruft ...»

Stimmt. Das Glöckchen! Dies war ein Teil vom Kinderzauber. Mein Vater (politisch-gewerkschaftlich aussen links) und meine Mutter (liberal und rechts hinten) waren sich selten einig – aber Weihnachten schweisste sie zusammen. Sie machten aus dem Advent eine Märchenzeit für den Kleinen: Wunschzettel mussten auf die Fenstersimse mit einer Zeichnung fürs Christkind gelegt werden – am andern Tag lagen ein Gütschlein Glimmer und ein stanniolgoldglänzender Tannzapfen mit Schokoladeninhalt dort ... das Weihnachtszimmer wurde schon Mitte Monat abgeschlossen und das Schlüsselloch mit Kerzenwachs zugeklebt.

Und natürlich wurden wir mit den obligaten Sprüchen wie «Hoffentlich sieht das Christkind nicht, wie du an den Nägeln kaust – es bringt Nagelkauern wohl kaum Geschenke» nervlich auf 100 000 Volt gejagt.

Später, als die Zeit der antiautoritären Erziehung Trumpf war und meine jungen Cousinen mir energisch verboten, ihren Kleinen den «Mist» vom geschenkebringenden Weihnachtskindlein zu erzählen («Man muss Kinder mit der kalten Wirklichkeit konfrontieren, sonst tragen sie später einen Schaden davon – schau DICH an!»), in jenen kühlen Jahren, als niemand mehr ans Christkind und seine Wunder glauben wollte, rüsteten wir allen neuautoritären Modeströmungen zum Trotz das Magische und die Tannen auf. UND ZWAR GANZ GROSS. Jetzt half Linda fest mit.

Immer gigantischer wurden die Bäume ... immer geheimnisvoller die Tage vor dem Heiligen Abend ... und immer schöner die Vorweihnachtszeit.

Es wurden auch immer mehr Kerzen, weil die Nächsten fehlten. Als ich wie ein Schlosshund heulte, weil die Omi nun auch den «Abendfrieden» verlassen hatte, nahm mich Linda in den Arm. Und führte mich zum Baum: «Hier ist altes, kaputtes Kettig von deines Omi ... schau Kettchen an ... sie weiss alles Geschichte über Leben von deines Grossmutter ...»

Ich schaute zu den kleinen, mattschimmernden Glaskügelchen. Es war, als stünde die Omi im Zimmer und würde mir zuflüstern. «Danke – das mit den Fleischküchlein war eine geniale Idee ...»

Als auch meine Mutter nicht mehr war, schmückte Linda einen kleinen Kunststoffbaum mit goldenen Nüssen: «Das Goldnuss hat deines Mutter geliebt. Bring auf Grab und an Heiligabend wir zünden dickes Kerze für Frau ...»

Wir haben dann viele kleine Weihnachtsbäume zu den Verstorbenen aufs Grab gebracht. Jedes Jahr hat Linda sie geschmückt.

Ich musste jetzt Tonnen von Kugeln anschleppen – und als dann die Schachteln aus dem Fundus der Familie dazukamen und Linda die grosse Tanne mit über 1000 Kugeln schmückte, schauten mich ihre alten, fast schwarzen Augen dringlich an: «Hörst du dieses Musik?»

Ich hörte keine Musik. Aber Linda hatte die Augen geschlossen, wiegte den Kopf mit der pechschwarzen Perrücke hin und her. Und lächelte: «Alles dieses Tote haben Geschichte. Und jeder sein schönes, eigenes Musik. Alles deine Erinnerungen hangen an Baumiges. Wenn du Augen schliesst, sind alles da … Geschichten und Musik!»

Für meine Mutter hatte sie dieses Jahr einen kleinen Baum mit nur Engeln kreiert. Er war so schön, dass ich ihn ins Weihnachtszimmer stellte. Und nicht aufs Grab.

Es kam der Tag, als Walter, Lindas treuer Wegbegleiter, mich anrief: «… sie hatte einen Unfall … Tram … liegt im Koma …»

Damals war sie 86.

Sie schlief ein halbes Jahr. Die Ärzte hatten sie längst aufgegeben. Aber Walter kämpfte um sie – und als sie die Augen öffnete, war ihr erstes Wort: «Schokolade …» Und dann: «Wir müssen schmücken Weihnachtsbaum …»

Es wurden 1245 Kugeln. Linda werkelte drei Wochen. Als die Tanne fertig geschmückt war, zündete sie alle Kerzen in der Stube an. Und schaute zu mir: «Ist fertig nun … ich nix mehr mag …»

Dann zeigte sie auf den Baum mit den kleinen Engeln, den sie einst für meine Mutter geschmückt hatte: «Ist schönes Tannig dort … wenn ich nix mehr bin, bring mir auf Grab …»

Seither stehen beide Tannen in meinem Weihnachtszimmer. Monat für Monat. Sommer und Winter.

Ich bringe es nicht über mich, Lindas letzten Weihnachtsbaum «abzurüsten».

Stets vor Weihnachten besuchte mich Linda mit ihrem Walter. Ihre Gedanken waren nun in einer anderen Welt. Sie brabbelte nur noch englisch. Nur ein einziges Mal noch hat sie mich ganz klar angeschaut: «… du wolltest wissen, woher ich komme … alles Menschen kommen aus Bauch von Mutter … und jedes Mensch hat seine Geschichte …»

Dann nahm sie Walters Arm. Und humpelte davon.

Manchmal stehe ich vor Lindas letztem Baum. Ich schliesse die Augen. Und höre die leise Musik der Kugeln – die Musik und ihre Geschichten.

Verrauchts Glügg

Friehner hän s Jennys no e Wiehnachtsbaum kaa.
Friehner isch au no e Fungge Liebi doo gsi.
Mit der Zytt isch alles verlosche – d Liebi. Und d Kerzli am Wiehnachtsbaum.

Dr Hans hett sy Frau aaglueggt. Die hett uff d Färnsehkischte gstiert. E Kinderchor hett dört «Oh du fröhlige» gsuunge. Und d Kamera hett d Krippe unterem e riisige Wiehnachtsbaum in irgendeme Innerschwyzer Dom zeigt.

«Schöön», hett d Martha gsait. Und: «Morn kunnt ‹Sissi› im Wiehnachtsprogramm …»

Ihm isch es nit um d Sissi gsi. Sondern um e Zigi. Doch sy Päggli hett numme no ai Marlboro kaa.

«Hetts no naime Zigerette?»

«Hör ändlig uff mit dääre Raucherei. D Vorhäng sinn scho wider ganz gääl – derby haa-n-e se erscht grad gwäsche …»

Au s Rauche het s Martheli uss sym Lääbe welle ewäggstähle. Wie dr Wiehnachtsbaum. D Gschänggli. Und d Liebi.

Dr Hans isch uffgstande: «Y gang go Marlboro hoole …»

«Isch alles zue …», hett sy Frau gsait – ohni ass si vo dr Kischte mit de singende Kinderli ufgluegt hätt!

S isch wirgligg alles zue gsi. Und so isch dr Hans uff e Bänggli ghoggt – zmitts in dr menscheleere City. D Schaufänschter sinn zem Dail scho abglöscht gsi. Numme doo und dört hett e Wiehnachtsbaum hinter eme Stuubefänschter gfungglet.

«Such Taxi?» E wagglige Mercedes hett aaghalte. E schwarzhoorige Türgg isch ussgstiige. «Kann helfen?»

«Y suech Zigerette, öbbis z Rauche», het dr Hans gsait.

«Ist menschenmausetot. Laden geschlossen. Ist Heiliges Abend ...»

Dr Türk hett sich jetzt auf uffs Bänggli gsetzt: «Ich Ahmed. Frau mit Kind warten daheim – zu Hause Nargile ... da können rauchen ...»

Si hänn am Stadtrand imme ne Ussequartier gwohnt. Aifach – e Zwaizimmerwohnig. An de Wänd sinn Teppig mit buntgstiggte Vögel druff ghange.

D Frau hett nütt gfroggt. Si hett Tee gmacht. Und dr Bueb hett dr Gascht aagstrahlt. «Bisch du dr Wiehnachtsmaa? ... Hesch mer e Färnseh brocht?»

S türgische Kind hett Dialäggd greedet. Und s schwyzer Christkindli in e amerikanische Wiehnachtsmaa umfunktioniert.

«Zafer hier geboren ... hier in Schule ... lebt Schweizer Leben», het dr Ahmed druurig glächlet.

E Radio hett so ganz spezielli Muusig düüdelet. Und dr Hans hett an dämm elfebaifarbige Mundstügg zooge. S Wasser im blaue Glas hett blubberet. Und dr Hans hett e kalti Wulgge ygootmet – dr Rauch het no Roose gschmeggt.

«Gutes Tabak», hett dr Ahmed gsait, «meine Frau kauft immer gutes Tabak. Gute Frau ...»

D Frau aber hett dr Hans aagluegt: «Wo sein Kind? Dein Weib? Weshalb nicht zu Hause an grosses Fest von Christenmensch ?»

Är hett ihne alles verzellt – vom Wunsch no Kinder, wo nie in Erfüllig gangen isch. Vo dr Martha, wo kai Baum me hett welle mache. Und dass sie em s Rauche wääge de Vorhäng verbiete wurd.

Är hett sy Lääbe gschilderet, e Lääbe, wo anderscht verloffen isch, ass er sich das vorgstellt haig ...

Dr Ahmed hett jetzt gsüfzget: «Kommt immer anders ...»

D Frau aber hett e glaini Strassbrosche mit Glasbrilläntli ussere Schatulle ghoolt: «Nimm für deine Frau ... so du hast Geschenk!»

No drei Stund hett sich dr Hans verabschiidet. Är hett em Zafer e Kopfnuss geh. «Du, villicht kunnt jo dr Wiehnachtsmaa doch no mit dym Färnsehapparat ... me sott d Hoffnig im Lääbe nie uffgeh ...»

Dehaim het-en sy Frau mit eme Hüülkrampf erwartet: «Y ha mer Sorge gmacht. Immer wider bin y die leeri Stross uffe-n-und aabe grennt ...»

S Martheli hett sich gschnüzt: «Y ha gmaint, s syg öbbis passiert ...» Und denn lyslig: «De sygsch aifach dervoo gange ... und de käämsch nie me zue mer zrugg ...»

Dr Hans isch verlääge worde. Do het em d Martha en aagfanges Päggli mit Marlboro aanegstreggt: «Y ha se versteggt ... und s isch doch nit wääge dääne kaibe Vorhäng ...»

Wider hett d Martha afoo schnupfe: «S isch doch wääge dir ... y wett nit, ass du grangg wirdsch ... was soll y denn ohni di mache?»

Är hett se jetzt in d Ärm gnoo – öbbis, wo syt Johre nümm passiert isch. Denn hett er d Brosche mit de Glimmerstainli geh: «Doo, Martheli, e Gschänggli ... y glaub, mer sotte enander wider Gschänggli mache ...»

Si hett das funkelnde Bröschli aagluegt und grad affoo schnupfe: «Grad so aini drait au d Sissi morn im Film ...»

Denn hett si dr Hans an sich druggt. Und em dr Kopf verschmutzt.

Si hänn sich lang fescht ghebbt. Im Färnseh isch scho d Wiehnachtsmäss uss Rom überdrait worde.

«Hämmer im Glettizimmer nit no dr alt Färnsehapparat?», het dr Hans gfroggt und s dünni Hoor vom Martheli gstychlet. «Y möcht en imme ne glaine Türkebueb schängge ...»

S Martheli hett gniggt. Und kaini Frooge gstellt. Denn hetts aifach dr Färnseh ussgmacht. Und sinn baidi zem Fänschter gange.

«S isch ysig kalt duss», hett s Martheli gsait. «Das isch jetzt richtigi Wiehnachte ...»

Das alte Paar isch lang uff dr Couch gsässe. Und hett enander d Händ ghebbt.

«Jo», hett dr Hans gsait, «das isch jetzt richtigi Wiehnachte ...»

Äänisbröötli

Dr Herr Innocent schnorchlet doo bim Kaffi myny Äänisbröötli yyne wie d Sau d Dränggi am Trog.
JÄ DANGGSCHÖN.
Do vergoht der denn bald emool d Luscht uff e gmietlige schwarze Kaffi …
Was y aber saage will: Do knättet me sich stundelang d Düüme blau. Me schüttet Mähl ummenand wie d Frau Holle d Bettfäädere. Denn sticht me Härzli, Ringli und Stärnli uss – d Stärnli sinn am verregdeschte, will die verdammte Zäggli bim Ussstäche immer abfalle. De gisch der also e hailoosi Mieh und s ganz Inträsse, wo denn so frischbacheni Gutzi usslööse, isch e schmatzends Grüsch hinter-ere Zyttyg. Und e paar Bröösmeli derunter.
«Also dä Blocher isch doch e stuure Zwängigrind …» döönts hinder de Schlaagzyle.
«Mmmhmmm – schmegge der myny Gutzi …?»
Myny Gutzi sinn do kai Thema. Numme dr Alt-Bundesroot. Und sy Zwängigrind.
«… dä gseht sich doch als schwyzerische Messias des Guten. Immer reedet er vo Beruefig … är sott emool ändlig die andere draa loo …»
Langsam taschtet sich em Innocent sy rächti Hand under dr Zyttyg füüre ans Tällerli mit de Äänisbröötli. Denn schnappt er sich s letschte Gutzi.
SO VYL ZEM THEMA: DIE ANDERE EMOOL DRAA LOO! ICH HA AINS KAA – ÄR 13!
Ok. S isch jo rächt, wenns em schmeggt. Aber könnt dä sturri Haini das nit au emool saage, emool e weeneli loobe? Immer isch er in Oppositions-Haltig – also do isch er im Blocher gar nit unähnlig!

«Si sinn das Johr bsunders guet glunge ...», versuech y jetzt s roote Duech uss Züri vom Tisch z fääge. Und stell nomool e volls Dällerli aane.

S sinn wirgligg wunderschööni Äänisbröötli. Nit aifach so aalglatt wie Politiker oder numme mit Rilleli, wie me se im Konsi kaufe kaa. Nai. Jeedes het e Struktur – dr Mond het e Nase, ums Härzli wuechere Bliemli, dr Stärn zaigt winzigi Zäggli. Y main, das isch no Profil ... do könnte sich die Herre-Dame ussem Bundeshuus an myne Äänisbröötli e Bischpil näh ...

«Y HA MER DAS JOHR BSUNDERS MIEH GEH», sülz y jetzt zer Zyttyg.

Kai Thema. Kai Kommentar. S kaut. S schnalzt. Und s schmatzt hinter em Papier mit dr Schlagzyyle «Ist Benni National schwanger?».

Y muess an my Mamme dängge. Deere sinn au immer d Schueh uffgange, wenn dr Babbe ihri 15 Sorte Gutzi aifach so hinderepfäfferet hett.

«Iss se nit wie Brot!», hett si jewyls Vöögel bikoo. «Waisch aigentlig, wie vyl Arbet hinter dääne Gutzi steggt?»

My Babbe, dr Trämler Hans vom Säggser, hett s Gmiet vonere Wäschdrummle kaa. «Worum kaufsch se denn nit bim Begger?», hett er kauend gfroggt.

UND DENN ISCH D MAMME GANZ, GANZ OOBE AN DR DEGGI GSI.

Y versuech jetzt aifach dr Blocher thematisch vom Disch ewäggzkratze, wie dr Gutzidaig am Vordaag vom Holztisch. Aber dr Blocher isch hartnäggiger als Brunslidaig. Me griegt en aifach nit ewägg.

Dr Innocent kaut sich durs ganz Programm: «In dääne Kriise-Zytte sotte doch alli Parteie zämmestoh ... do bringe Intrige gar nüt … aber g a r nütt, saag y der … alli miesste, verdelli, an a i m Strigg zieh … d Medie … d Politik … d Kirche … JÄ, HETTS KAINI ÄÄNISBRÖÖTLI ME?»

Scho wider 14 hinderedruggd – zwei dervoo haan ych kaa!

«Waisch aigentlig, wie vyl Arbet derhintersteggt?», wird y jetzt ze mynere aigene Mueter, «du schuuflesch die yyṇe wie Brot und …» (Also wenn er jetzt dää mit em Begger bringt, denn isch es aber aus mit «oh du fröhlige», kaan y euch saage.)

Aber nai – är luegt numme stroofend: «De willsch mer jo nit saage, ass de die Gutzi sälber gmacht hesch …»

JÄ, HERRGOTTNOMOOL! Wie dr Blocher, so draut au dr Innocent den andere nie öbbis zue …

«Du waisch, ass y nie e Gutzi usswärts ykaufe wurd …», gib ems jetzt yyskalt zrugg!

Und was sait do my Vis-à-Vis? «PINOCCHIO! Schämm dy – im Advänt liegt me nitt … das kasch de Politiker überloh …»

Ok. Y gib mi gschlaage. S isch dr Begger Kräbs gsi, wo do für mi gnättet hett. Outsourcing – so sait me dämm hütt, glaub y, in dr Fachsprooch. ABER SO ÖBBIS VERZELLT ME DOCH NIT AIFACH ALLNE UMME …

«Und wie wotsch überhaupt wisse, ass y se das Johr nit sälber gmacht haa …», versuech y my Ehr no z rette.

Dr Innocent grinst: «Si sinn s erscht Mool waich und hänn kaini krumme Fiess!»

Uff so öbbis gibt me aifach kai Antwort zrugg. Nai. Me länggt elegant ins Themegebiet vom Geegner übere …»
«Mainsch denn, d Frau Blocher bachy no sälber …?»

Alarm vor Wiehnachte

S Lilli und s Lorli hänn welle uff d Strooss, wos nääbe-n-yyne dätteret und tschädderet hett.

 Liechtkuugele änn afoo danze und Alarmglogge hänn Zetermordio gjault …

S Hildi hett sich uff sym Rollator grad no kenne heebe, sunscht wäärs vor Schregg zämmedätscht.

Do kunnt so ne Männli mit eme Kiinibärtli, wo s Lorli an Öschter sy Gaiss gmahnt hett: «Aber hallo, myny Daame – wurde Si emool Ihri Yykaufsdäsche uffmache …»

«Was isch loos, Lori …?», hett s Lilli dr Hörapparat uff «on» knipst.

«Dä Daggel maint, mer haige gfulze …», hett d Fründin giftig d News vom Daag duuregee. Denn hett s Lorli mit eme falsche Lächle dr Meiere vom dritte Stogg zuegwungge. Die hett grad uf 100 hyperventiliert und mit uffgsperrte Oigli die Szene beobachtet.

Zäh Minute spööter sind die baide alte Dame immene dunggle Kämmerli ghoggt. Dr Goaty-Daggel, also s Männli mit em Geissebärtli, hett sich hektisch dur zwei Paar Strümpf, en Ermelschurz und e Nachthemmli gwiehlt. Denn hett ers uffgeh: «Hänn Si e Quittig?»

Jetzt isch es aber em Lorli doch z blööd worde. S hett zwische nem Kloschterfrau Melissegaischt und zwai Ricola-Hueschtedääfeli e Zeedeli fiiregnüüblet: «Dooo – Si Gloon! Was soll aigentlig das ganze Theater?»

Aigentlig isch s Lorli wäägen ere Bluuse ins Waarehuus koo. S isch denn aber bi dämm Ermelschurz hängge bliibe, bi nere Aktionspackig Strümpf mit Nöht und öbbe bi dem Nachthemmli, wo zwor drei Nummere z gross, aber saage und schreibe 75 Prozänt aabegsetzt gsi isch. Und das v o r Wiehnachte!

Dr Daggel hett jetzt uff so ne Funkgrät yynegreedet.

Und no fünf Minute isch e Verkoifere erschiine, wo dr Kassecomputer uff em Lorli sym Quittigszeedel als Nummere fünf ygeh hett.

D Verkoifere isch zimmlig dur e Wind gsi: «Jä gohts eych no, ihr Armlüüchter – mir hänn Wiehnachtsverkauf und kai Zytt für so Schyssdrägg ...»

Dr Daggel hett gsüfzget, so wie Daggel immer wider süfzge, wenn si mergge, ass si mit grumme Bai uff d Wält koo sinn. Är hett dr Nummere fünf d Quittig vom Lorli aanegstreggt, und die isch grad nomool in d Luft: «Jä und jetzt – klar sinn das die baide Fraue mit em Nachthemmli und de Strümpf. Und klar hänn si zahlt. S isch alles in Ornig – nummen ihr machet mit eurem Schyss-Sicherhaitssyschtem so ne Terror ...»

«JÄ SCHYSSDRÄGG», hett s Lorli jetzt uff guet Glaihünigerdytsch tobt. S hett jo allewyl e weeneli lutt greedet, wells nimm so guet ghöört hett. Aber jetzt sinn em alli Ross duure: «DO ISCH GAR NÜT IN ORNIG – SI FIEHREN IS VOR ALLNE LÜTT AB WIE SCHWÄRVERBRÄCHERINNE USS EM WOOGHOOF ... UND DAS DENN NO USSGRÄCHNET VOR DR MEIERE VOM DRITTE STOGG ... HÄNN SI GSEH, WIE DIE GLUEGT HETT ... DIE DÄFFELETS DOCH JETZT SCHO IN DR BÄCKEREI UMME UND WENN SIS D Ö R T UUSEBÄLLITSCHIERT, WAISS ES MORN S GANZ QUARTIER ...!»

S Lorli hett energisch mit em Rollator kesslet: «Y WILL DR DIRÄGGDER ... ABER DALLIDALLI ... SUNSCHT WÄRDE DER MI NO KENNELEERE ...»

Wider hetts am Rollator kesslet und bi sich dänggt, dass so ne Laufhilf aigentlig au e huffe gueti Sytte haig ...

Bald emool isch s glaine Büro grammlet voll gsi vo Mensche, wo uff die beide alte Wyyber yynegreedet hänn: «Aber loose Si doch zue, myny Daame ... so Kontrolle sinn aifach wichtig ... absolut nöötig ... nadürlig isch es komisch, ass si klingele, obwohl alli Chips ewägg gmacht worde sinn ... und nadürlig duet is das leid, aber ...»

Mittlerwyyle isch au dr Waarehuus-Diräggder do gstande. Är hett de baide Fraue wäägen em Erger e Kaffi-Bon fir e Cappuccino versproche.

«Dä könne si sich an Arm stegge ... Si VOLLPFOSCHTE», hett s Lori jetzt wider uff Glaihüniger Art tobt. S hett nit ARM, sondern öbbis vyl Argers uusegloo – Glaihünigerdütsch halt. Und s isch wahnsinnig stolz gsi uffs Wort «VOLLPFOSCHTE», wos kürzlig vo sym Änkel Eric uffgschnappt hett.

S Lorli hett jetzt em Lilli e Stooss in d Ryppy geh: «My gueti Fründin doo het e Kneuprothese mit eme künschtlige Glänk ...»

«Was haan y?»,hett s Lilli sy Fründin entsetzt gfrogt.

«Was hett Si?», hett dr Daggel gfroggt.

«... si klingelet bi jeedem Zollübergang ... unter jeedem Flughaafe-Kontrollbooge ... si klingelet sogar bi Parkhüüser-Barriere und ...»

«WAS DUEN ICH?», hett s Lilli gstotteret. Aber s Lorli isch gar nit druff yygange: «... UND JETZT KÖMME IHR GROSSHIRNI DOO UND BEHAUPTE, MIR SYYGE ZWAI GEMAINI DIEBINNE!»

S erscht Mool het jetzt dr Wachmaa an sym Goaytie ummegriibe: «Also, das mit dem Glängg ... das haan y halt nit könne wisse ... mir isch jo au klar, ass zwai so alti Wyyber nümm uff Diebestour ummerodiere ...»

«WIE BITTE?»

«... ähh, y main: Nodürlig sinn Si unschuldig, liebi Fraue ... total unschuldig ...»

Jetzt hett s Lorli aber Vorfahrt kaa: «Denn hueschte Si das gfelligscht dr Meiere vom dritte Stogg ... unsere Ruef isch ruiniert. Und denn no knapp vor Wiehnachte ... MIR VERLANGE SCHAADENERSATZ UND SCHMÄRZENSGÄLD!»

Es isch e Hi und Här gsi im glaine Stübli. Dr Diräggder hett d Sekretärin vom Verwaltigsroot aaglütte. Die hett dr CEO vo sym Computerspil ewäggholt. Und dää hett die ganzi Gschicht am Delifon miesse aaloose, währenddämm er am Computer sy Solitaire fascht fertigbrocht hett ...

«Gännnn ... dääne Wyber zwai Frässkörb. Und jeedere e Wiehnachtsbon über 500 Stutz ...»

Jetzt isch sy Solitaire-Game daatsächlich uffgange: «... und dr Meiere vom dritte Stogg e Fläsche Cognac», hett dr CEO guet gluunt no aine dryy geh.

Die falsche Diebinne sinn mit ihre Guetschyyn sofort wieder in d Daamebeklaidigsabtailig abzwitscheret. Si hänn jetzt doch no drei Bluuse gfunde und vier Handtäsche – zwai für am Wärtig und zwai für am Sunntig.

Bim Ussgang hänn si nadürlich prompt wiider Alarm ussglööst und d Liechter sinn ummedanzt wie uff em Time Square an Wiehnachte. Dr Daggel hctt se total entnärvt duuregwungge: «Göhn Si, myny Dame, göhn Si ... y waiss: d Gneuprothese ... ich bi übrigens dr Benno!»

Dehaim hänn si dr vergässeni Chip im aabegsetzte Nachthemmli gfunde.

In dr letschte Adväntswuche hänn denn d Alarmglogge vom Waarehuus gar nümme mit Schälle und Rattere uffhööre welle ...

«Verruggd, was die Wyber alles mit ihrem Guetschyn zämme kaufe ...», het dr Wach-Daggel sy Grind schüttlet und de Baide Fraue zuezwinggeret: «Alles paletti, Myladies ... s künschtlig Gneuglängg ...»

«Si sinn aifach e Schatz, Herr Benno», hett em s Lilli gsait, während si em d Hand gschüttlet hett. Denn hett si e Fläsche Cognac uss em Rollator gfischt: «Doo - schööni Feschtdääg!»

Nadüürlig isch dä Cognac so weenig zahhlt gsi wie alles andere, wo in de Yykaufssegg vo de baide Fraue e Grossalarm ussglööst hett. Und nadüürlig hett me se nie me kontrolliert.

S Lilli hett zwor e weeneli e schlächts Gwisse kaa: «Aber was isch, Lori, wenn die wäägen uns in Konkurs göhn ...?»

S Lori hett sy Fründin an sich druggt: «Also unseri baar gfulzene Sächeli göhn dääne doch am Arsch verby» ... wie gsait: ganz im Sproochmodus vo Glaihünige.

D Meiere vom dritte Stogg hett übrigens e gfulzes Baischinggli uff d Wiehnachte bikoo. In dr Beggerei hett si denn überall ummeverzellt, s Lilli und s Lorli haige im Lotto e Säggser abgruumt ...

Wiehnachtskuugele für d Rosa

Wo die elteri Frau dää Niggi-Näggi gseh hett, wo uff sym Glaasschlitte ghoggt und dur e verschneeite Wald brättert isch, hett sie ganz e weeneli glächlet.

Genau sooo ne Wiehnachtskuugele isch ze iirer Kinderzytt am Baum ghange ...

S Lächle isch verschwunde. Und s isch e Süfzger koo.

Dää Süfzger hett welle saage, ass d Kinderzytt mit em Glas-Niggi-Näggi scho kaibe lang dervoo gschlittlet isch ...

Dr Maa vom Wiehnachtsmärt hett se aagfungglet. «Schöön, gäll? S isch hütte jo dr letschti Daag – y mach jetzt denn d Buude zue. Drumm dörfe Sen fir d Helfti haa ...»

«Merci», hett d Rosa gflüschteret, «merci – das isch zwor sehr lieb. Aber s Ganze isch für mi immer no vyl z düür ...»

Si hett verlääge glächlet: «Y ha numme grad d AHV – do kaa mer sich so öbbis halt nit laischte ... aber merci ainewääg ...»

Nääbe dr Rosa isch e Frau gstande und hett sich vom Wiehnachtskuugele-Maa e Schneekirchli lo yypagge. Si hett die alti Frau aagluegt: «S git Ergänzigslaischtige. Si sotte sich ganz aifach hälfe loo ...»

D Rosa hett e Lääbe lang ass Gläägehaitsschnyydere gschafft. Aber nie hätt si öbber um Gäld gfroggt. Do isch si z stolz gsi.

Si hett ihri glaini Moonetsränte in verschiideni Couverts uffdailt ... Mietzins ... Granggekasse ... Ässe. Dr ainzig Poschte, wo si hett kenne variiere und yyschpaare, isch bim Ässe gsi. Si hett sich uff Aktionspaggige spezialisiert und s Brot vom Vordaag für dr halb Bryys kauft.

Dr gross Luxus-Poschte isch dr Lukas gsi. Aber uff dää hett si für kai Bryys vo dr Wält welle verzichte. D Rosa hett wie ne Sunne afoo strahle, wo si an ihre Kater dänggt het: E ganzes Pouletbrüschtli hett sem für d Feschtdääg yykauft – Luxus pur. Aber öbbe: S isch jo numme aimool Wiehnachte im Johr …

Vor em Ständli isch e gnärvts Hi und Här ussbroche. E Frau hett nooneme Baumspitz gruefe, well ere die kaibe Danne ussgrächnet drei Stund, bevor d Familie kääm, umkippt syg. Dr Rosa hätt so öbbis nit kenne passiere … dr Wiehnachtsbaumverkoifer am Egge hett ere en Roottannenascht gschänggt. Dört druff hett si e paar alti Kuugele gleggt.

«S isch falsch, wääge dr Unterstützig Hemmige z haa», hett jetzt die Frau näbe dr Rosa wider aagfange. Si hett ihr Schneekirchli in e Ruggsagg verstaut: «Y schaff im Sozialamt. Glaube Si mer, s git vyl, wo Gäld bikömme und s wäsentlig weeniger nöötig hätte ass Si …»

«Jä», hett sich jetzt e Maa mit ere fyyne Niggelbrille yygmischt, «s isch e Schand, was do alles vo unserem Sozialsyschtem profitiert … numme fuuli Ussländer und …»

«DAS SCHTIMMT ÜBERHAUPT NIT – DASCH DUMMS GSCHNÖRR», hett sich jetzt die jungi Frau gnärvt, «s sinn mindeschtens genauso vyl Schwyzer, wo bi uns s Gäld abhoole …»

Und jetzt isch doo, wo me enander vorhäär kuum aagluegt oder e Wort gönnt het, en uffgreggti Diskussion loosgange. Esoo ne Uffdaggleti im Nerz hett gjammeret: Am beschte me fahri über die Feschtdääg ewägg, um all das Eländ nit miesse aazluege: «Mir sait Wiehnachte scho lang nütt meh … e verlooges Friide, Freude, Eierkuchen-Fescht … meh nit!»

«Nämme Si jetzt dä Schlitteklaus», hett dr Händler d Rosa energisch aaquatscht. «Zwölf Frangge – dasch dr letschti Priis ... praktisch umsunscht ...»

Zwölf Frangge! Mit dämm hänn si und ihre Kater miesse drei Daag lang usskoo ...

«Y hätt en scho sehr gärn», hett d Rosa jetzt lysligg gsait, «ass Kind isch so aine bi uns am Baum ghange. Immer wenn y in d Stube ha dörfe, haan en als Erschts an den Escht gsuecht. Irgendwie hett er mir e Stügg Sicherhait geh ... do bin y dehaim ... alles isch guet!»

S Palaver umem Stand umme isch plötzlig verstummt. D Lütt hänn still däre alte Frau im dünne Mänteli zuegloost. Do hett d Frau mit em Ruggsagg nomool ihr Portemonnaie uss dr Sytedäsche gfischt und zem Verkoifer gsait: «Pagge Si däre Frau dä Schlitteklaus yy!»

«Nai, nai – das will y nit!», hett d Rosa proteschtiert.

«Si mache m i r aber e Freud, wenn Sen nämme.» Und denn hett d Ruggsagg-Frau no gsait: «S isch nämmlig hütt gar nümm so aifach, öbberem e Freud z mache ... jeede hett alles. Und doch nütt ...»

Do hett sich die Schyggi im Pelzmantel gmäldet und dr junge Frau anerkennend zuegniggt: «Jä, Si hänn vollkomme rächt ... mer hänn hütt alles und nütt ... bsunders d Zfriidehait isch allne verloore gange ... und d Freud, sich an öbbis könne z freue.»

Denn hett si d Rosa aaglächlet: «Sueche Si sich säggs Vöögel uss ... aber doo vo de schööne, groosse ... und villicht no e Katz derzue ...» Ihri Auge hänn jetzt plötzlig nümm so yysig dryygluegt, sondern fascht e warme Schimmer bikoo: «Si wurde m i au happy mache ... s isch scho lang här, ass ych öbberem ha könne e Freud schängge.»

Vor em Stand isch jetzt alles in Uffreegig koo: Jeede und jeedi hett dr Rosa öbbis zuestegge welle ... e Kuugele ... e Glaspilzli ... e Baumkettene ...»

«Jetzt machet mi doch nit wahnsinnig», het dr Standverkoifer grinst, «Y hätt dääre Frau dr Schlitte sowiso gschänggt. S isch jetzt nämmlig Füüroobe. Y muess haim, um mit de Kinder dr Baum z mache ...»

D Rosa aber isch numme stumm doo gstande. S isch gsi wie ne Traum. Jeede hett ere e Päggli zuegschoobe – und d Ruggsagg-Frau hett ere no e Visitekarte derzuegsteggt:

«Kömme Si bi mir verbyy ... y waiss, ass sich Lütt wie Si nit wänn hälfe loo ... aber glaube Si mer, Si hänn dää staatlige Zuestupf meh ass verdient ... s isch jo au Ihre Stutz ... und dängge Si aifach, ich syg s Christkindli. Hälfe isch jo my Job ... wänn Si öbbe, ass s Christkindli ohni Arbet isch ...?»

Die andere Lütt hänn glache und d Frau im Pelzmantel hett d Rosa umarmt: «Für mi sinn S i s Christkindli ... si hämmer hütt doch daatsächlig dä Hailig Oobe grettet ... s isch um mi umme alles so abglösche gsi ... aber jetzt haan y gseh: S git au no ganz vernünftigi Mensche in dääre Wält!»

Wo d Rosa mit all dääne vyle Päggli haimgloffe isch, hänn d Kircheglogge dr Hailig Oobe yyglütte. Plötzlig hett die alti Frau lutt uuseglache. «Wenn y das em Lukas verzell ... dä wird Auge mache ... säggs Vöögel und e Katz!»

«Schööni Wiehnacht!», hett e glaine Bueb, wo an dr Hand vo symm Babbe ummegumpt isch, dr Rosa übermietig zuegruefe.

Si hett gstrahlt. «Joo ... schööni Wiehnacht!»

Autor

In Basel geboren, besuchte -minu das Realgymnasium und absolvierte die Journalistenschule der damaligen «National-Zeitung». Mit seinen Kolumnen ist er seit bald 40 Jahren in allen Printmedien der Schweiz vertreten. Auf Telebasel hat er eine eigene Magazinsendung. Nebst seiner journalistischen Tätigkeit hat er sich auch als Autor zahlreicher Bücher einen Namen gemacht. Er lebt in Basel, Rom und auf der toskanischen Halbinsel Monte Argentario.

Weitere Weihnachtsgeschichten von -minu

-minu
**Etwas andere Weihnachts-
geschichten**
112 Seiten, Hardcover
CHF 24.80
ISBN 978-3-03999-040-5

-minu
Wienachtsgschichte glääse vom -minu
CD
CHF 24.90
ISBN 978-3-7245-1594-4

-minu
Besuch vom Christkind
16 neue Weihnachtsgeschichten
86 Seiten, Hardcover
CHF 24.80
ISBN 978-3-7245-1674-3

-minu
Bsuech vom Christkind
glääse vom -minu
CD
CHF 24.90
ISBN 978-3-7245-1675-0